MIL E UMA NOITES DE SILÊNCIO

MAYRA DIAS GOMES

MIL E UMA NOITES DE SILÊNCIO

EDITORA RECORD
RIO DE JANEIRO • SÃO PAULO
2009

CIP-BRASIL. CATALOGAÇÃO-NA-FONTE
SINDICATO NACIONAL DOS EDITORES DE LIVROS, RJ

Gomes, Mayra Dias
G612m   Mil e uma noites de silêncio / Mayra Dias Gomes. – Rio de Janeiro: Record, 2009.

ISBN 978-85-01-08627-3

1. Romance brasileiro. I. Título.

09-1252

CDD: 869.93
CDU: 821.134.3(81)-3

Copyright © Mayra Dias Gomes, 2009

Capa e ilustrações: Allan Lopes

Direitos exclusivos desta edição reservados pela
EDITORA RECORD LTDA.
Rua Argentina 171, Rio de Janeiro, RJ – 20921-380 – Tel.: 2585-2000

Impresso no Brasil

ISBN 978-85-01-08627-3

PEDIDOS PELO REEMBOLSO POSTAL
Caixa Postal 23.052 - Rio de Janeiro, RJ - 20922-970

EDITORA AFILIADA

Para mim mesma, em desespero lúcido. Com a esperança de que eu consiga, com os anos de estrada, tornar-me capaz de morrer sozinha.

Para Tainá, minha consultora nas madrugas insones.

Para os Turbosoldiers e os trastes da City of Satan. Pela originalidade, pelo ridículo, pelo mal-estar, pela inspiração.

Para Allan, meu preferido.

M.D.G.

E se um dia ou uma noite um demônio se esgueirasse em tua mais solitária solidão e te dissesse: "Esta vida, assim como tu a vives agora e como a viveste, terás de vivê-la ainda uma vez e ainda inúmeras vezes; e não haverá nela nada de novo, cada dor e cada prazer e cada pensamento e suspiro e tudo o que há de indizivelmente pequeno e de grande em tua vida há de retornar, e tudo na mesma ordem e sequência – e do mesmo modo esta aranha e este luar entre as árvores, e do mesmo modo este instante e eu próprio. A eterna ampulheta da existência será sempre virada outra vez – e tu com ela, poeirinha da poeira!"

Não te lançarias ao chão e rangerias os dentes e amaldiçoarias o demônio que te falasse assim? Ou viveste alguma vez um instante descomunal, em que responderias: "Tu és um deus, e nunca ouvi nada mais divino!" Se esse pensamento adquirisse poder sobre ti, assim como tu és, ele te transformaria e talvez te triturasse; a pergunta, diante de tudo e de cada coisa:

"Quero isto ainda uma vez e ainda inúmeras vezes?"

Pesaria como o mais pesado dos pesos sobre teu agir! Ou então, como terias de ficar de bem contigo mesmo e com a vida, para não desejar nada mais do que essa última, eterna confirmação e chancela?

– Friedrich Nietzsche

Sumário

Prefácio   11

1. Fora da minha cabeça   17
2. O homem de laranja   31
3. Meu aniversário   41
4. O último cigarro   49
5. Gotas grossas de tempo   61
6. Refém   75
7. A viúva de branco   85
8. É só carne   97
9. As Meretrizes   131
10. Coração envenenado   145
11. Cruzando a ponte   169
12. Assassinato de mim mesma   183
13. O menino de ouro   201
14. Sonâmbula   209
15. O que importa é a aparência   215
16. Superfreak   225
17. Um novo episódio   235
18. Um bolo para Joey Nash   241

19. Mil e uma noites 253
20. Gina's got a gun 261
21. Criaturas da noite 269
22. Só as pétalas 281
23. Para tentar reconstruir 287
Capítulo final. Boa noite, fantasmas 299

PREFÁCIO

Tomo um grande gole de ar que me engasga e me afoga no nada. Estou submersa, e é no silêncio. Busco desafogo ao perder a bênção da respiração. Refresco-me com a privação repentina. Minha garganta não está preparada para sentir o gosto da verdade, mas prossigo. Há uma necessidade de sobrevivência ridícula, escondida por debaixo da súplice pelo escuro. Estou nua, mas uso um belo *tailleur*. Sinto cada um dos seus olhares inquietos me despindo, me queimando.

Continuem, por favor.

Antes de começar a me envolver neste ninho de recordações, aviso que ainda é difícil de entender os acontecimentos que despertaram esta tragédia aterrorizante. Também quero deixar claro que não estou tentando educar ou ensinar alguma lição preciosa. Este desabafo é somente uma maneira de tentar aliviar as memórias, e fazer com que fiquem um pouco mais distantes. Foi por isso que resolvi falar. Tudo vem à minha cabeça com tanta rapidez, que acabo ficando presa dentro das lembranças. Não prestando atenção, mas tentando encontrar uma maneira de escapar delas, por serem tão corrosivas.

Acredito que, se eu contar tudo exatamente como me lembro, poderei chegar a uma conclusão. É que ainda confundo o ponto de vista que tinha com o ponto de vista que caiu sobre a minha cabeça – aquele que fui obrigada a adquirir. Então, se eu calçar sapatos de telespectador, talvez consiga finalmente julgar os personagens do jeito que me ensinaram a fazer: distinguindo-os do Bem e do Mal. Talvez assim, arrisco dizer, possa me sentir na pele menos dolorida de alguém que não sou eu, alguém menos eu. Alguém, qualquer alguém, mas, por favor, não eu. E quando digo isso, estou falando sério. Hoje já não faço a mínima questão de viver minha vida. Gostaria de viver a vida de outro, passar pelo menos um dia na vida de outro.

Estou desesperadamente paralisada nesta cadeira.

Preciso descobrir se sou culpada por não conseguir seguir em frente, ou se a vida é mesmo essa caixinha de surpresas malignas. Preciso compreender tantas coisas, que é difícil saber por onde começar. Será que tive sorte ou azar de ter sido chutada para fora da minha família com apenas quatro meses de vida? Preciso saber se fiz certo em temer voltar para descobrir quem eram as pessoas que fizeram aquilo comigo, e se errei em só ter ido muito tarde.

Foi com esta idade que minha mãe biológica me entregou para a adoção, adianto. Ela conviveu quatro meses inteirinhos comigo e depois teve a coragem ou covardia de simplesmente desistir de mim. De decidir que preferia me ter longe a me ter por perto. Ela se chamava Lara Paulo Max. Nome esquisito, eu sei.

Cresci na casa de Maria das Graças Santana. Ela é minha verdadeira mãe.

Por um lado pode-se dizer que tive uma boa infância. Por outro, saibam que sempre carreguei o sentimento de abandono, o sentimento traiçoeiro de solidão, mesmo quando nem sabia o que era isso. Foi somente na adolescência que descobri por que me sentia tão diferente das outras pessoas, e por que não me sentia à vontade com o contato físico. Havia algo faltando, uma quina sempre corroída. Eu detestava não saber a verdadeira identidade das pessoas que me deram à luz. Imaginava como seria viver os dias sem saber que, mesmo quando criança, eu já não era querida, já não era desejada.

Meu destino foi deturpado para que eu fosse presenteada com um forte sentimento de fracasso e um medo esmagador de me apegar às coisas e às pessoas. Dediquei-me integralmente ao uso do colete à prova de balas e decidi que sempre moraria perto de alguma estrada.

É que alguém que está acostumado a viver com medo, tem sempre uma saída de emergência por perto. Uma escapatória em vista, um plano B, C ou D. Uma certeza de que, se tudo der errado, haverá uma maneira de simplesmente desaparecer em um estalar de dedos. O grande problema de ter esse sentimento, porém, é que ele faz com que seja difícil achar um lugar do qual você possa fugir.

Muitas vezes o medo é entorpecente e causa uma Morte lenta ao cérebro. Eu vivia tentando disciplinar o meu a não permitir que eu fosse girada no ar pelo amedrontamento até que caísse de cara no chão. Não queria deixar o medo me matar, quando me batia tanto pavor da Morte. Tanto pavor que por muito tempo deixei de amar as coisas vivas, com temor de que Ela as fosse tocar.

A primeira pessoa que a Morte me levou foi Maria das Graças. Foi quando fiquei sozinha neste mundo gigante e desconhecido.

O desconhecido surgiu na minha janela quando ela morreu. Ela, a quem eu tinha me apegado de verdade. O desconhecido estava em dobrar a esquina, em experimentar uma nova comida, em procurar um emprego, e até em cumprimentar um estranho. Nada fazia sentido algum, e eu não conhecia o mundo sem ela. Não conhecia o mundo sem seu abraço carinhoso, sem seus lábios fininhos me dizendo que tudo ficaria bem. Sem ela para me amar, o amor do mundo inteiro parecia ter secado.

Eu comprovava meu retrocesso quando tentava dormir em posição fetal. Havia andado para trás. Era criança de novo, e sentia medo.

Sentia que cada vez que temia o que estava me esperando, me transformava mais e mais em um monstro solitário. Cada vez que sentia medo de alguma coisa, mais esta coisa parecia me perseguir. Era como se eu estivesse atraindo tudo que me apavorava por ter esses pensamentos com tanta frequência. Eu só pensava em fugir. Parecia uma criança com medo do bicho papão em um quarto escuro – qualquer sombra na parede acelerava meu coração.

Cada vez que tento fugir das memórias, elas retornam mais fortes. Tenho a impressão de que as estou alimentando, nutrindo. Posso dizer que é por isso que estou colocando as cartas na mesa, abrindo o jogo. Estou tentando ser corajosa. Mesmo que isso signifique que vocês possam me machucar.

Não me olhem com tanta pena...

Sei que ainda devem estar confusos sobre quem sou e o que quero contar, então serei mais clara. Literalmente. Vou narrar essas memórias árduas que moram dentro de mim. Memórias de abandono, fracasso, medo e Morte. A história da minha vida, a vida de Clara Cápula Santana. Se não estiverem a fim de viajar comigo por esses lugares escuros, não tem problema. Retirem-se agora, antes que seja tarde.

Contudo, sinto que vocês vão ficar. Tem algo nessa minha negatividade que atrai as pessoas.

CAPÍTULO 1
FORA DA MINHA CABEÇA

A chuva havia parado de cair e o céu estava voltando às suas verdadeiras cores. Em breve o ar ficaria mais denso e o sol retornaria à minha janela. Eu estava lendo o jornal daquela manhã enquanto tomava meu café com leite e esperava o sanduíche esquentar na chapa. Meus cabelos castanhos estavam presos em um coque. Eu não os desembaraçava havia dias. Ainda estava tentando me acostumar com o silêncio daquele apartamento, e com o vazio que havia ficado em todos os cantos, mesmo os mobiliados. Ficava esperando a hora de ouvir o barulho das chaves, de ver a porta se abrindo, de ajudá-la com as compras do supermercado. O que eu ouvia era o telefone tocando, no máximo duas vezes por dia. Era sempre dona Lurdez, nossa vizinha, ligando para saber se eu precisava de algo.

Ela era uma senhora benevolente e igualmente solitária. Morava com seis gatos no apartamento ao lado, o 212, e um deles estava esperando gatinhos. Era a melhor amiga de Maria e também estava enfrentando a saudade. Seu sobrenome era, ironicamente, Da Saudade. As duas se tornaram amigas ao compartilharem seus nomes no elevador. Maria das Graças e Lurdez da Saudade.

Lurdez também já estava dando seus últimos passos. Já tinha sua coleção de mortos, como dizia. Uma vez admitira que gostaria de não ter parado de fumar na adolescência, pois assim poderia ter morrido como metade de sua família – de câncer. Ela dizia que sobreviver aos amigos e familiares era uma tarefa penosa demais. Às vezes sua vida parecia um castigo, um constante castigo.

Eu estava caçando um emprego no jornal só porque Lurdez havia insistido muito. Ela havia dito que se eu ficasse em casa à espera da felicidade, iria me transformar em uma pessoa abatida como ela. Aquilo ficou martelando na minha cabeça. Eu sempre viajava demais nas suposições. Mesmo que tivesse sido ensinada a acreditar somente em evidências. Mesmo que o lado direito do meu cérebro praticamente berrasse para que eu o escutasse com atenção.

Costumava trabalhar como secretária em um escritório de advocacia antes de Maria morrer, mas me demiti por motivos de instabilidade emocional, ou seja, medo de afrontar a vida e a rotina. Cada anúncio que eu lia me parecia pior do que o anterior. Sentia-me cansada e desacreditada demais para enfrentar qualquer aprendizado. Queria ser algo simples como caixa de supermercado. Algo que não exigisse muito raciocínio.

Joguei o jornal em cima da mesa da sala, ao lado do jarro de flores brancas, e fui preparar um banho de água fria para ver se acordava de verdade. Eram sete e vinte da manhã e eu já estava de pé. Ou, devo dizer, ainda.

Eu não conseguia dormir. Era atacada por pensamentos e lembranças, e virava de um lado para o outro, sem parar, lutando contra minha cabeça, sem sucesso. Meus olhos permaneciam doloridos por dentro. Era como se eu estivesse com uma sinusite muito forte, e, mesmo com as pálpebras pesadas, eles cismavam em ficar abertos e vidrados. Eu estava tão fora de controle que nem meus próprios olhos me obedeciam. Quando conseguia pregá-los, era por pouco tempo. E aí vinham os pesadelos terríveis. Depois eu acordava novamente, perguntando-me se havia dormido ou não, e confusa com as figuras indecifráveis na minha mente. Então retornava ao ciclo de pensamentos. O que eu realmente queria era pregar os olhos morbidamente com pregadores. Na noite anterior havia até contado carneirinhos, carneirinhos fosforescentes pulando na escuridão. Havia ligado e desligado o som milhares de vezes, tomado banho, bebido vinho, engolido um Dramin, mas nada me fazia adormecer. Não preciso enganar ninguém. Estava realmente mal de saúde emocional e física. A falta de uma boa noite de sono estava claramente me deixando com mais esmorecimento ainda para procurar algum trabalho e dar um gás na minha vida.

Tomei um banho demorado, me sequei, coloquei um roupão cor-de-rosa e lembrei que havia esquecido o sanduíche na chapa. O pão já estava queimado e duro quando fui ver, então o joguei no lixo e fiquei com preguiça de preparar outra coisa. Tirei o fio da tomada. Não sentia muita fome. Comi um biscoito que estava na despensa, bebi mais café com leite e passei a varrer a casa. Em seguida fui ao quarto e comecei a arrumar os armários. Organizava as roupas por cores e peças. Havia descoberto a arte de ordenar pouco tempo antes. Parece tolice, mas dessa forma acabava sendo mais fácil de organizar meus pensamentos também. Eu ficava um pouco mais aliviada quando ocupava minha mente, apesar de viver negligenciando esta descoberta.

— É exatamente isso que estou te dizendo, Clara. A mente vazia é a oficina do Capeta. É por isso que você tem que arranjar um emprego – disse Lurdez naquele mesmo dia, quando veio me visitar para jogarmos baralho.

— Mas eu me sinto tão cansada...
— Olha a vida que você está levando! Jogando baralho comigo em vez de estar vivendo como uma jovem da sua idade. Afinal, com quantos anos você está?
— Vinte e seis — respondi acanhada.
— Então, minha filha! O que está esperando?
— Não sei. Tenho medo de viver.
— Não me diga que deseja a Morte? — ela me indagou franzindo o rosto.
— Não, Lurdez, de maneira alguma. — Fiz o sinal da cruz. — Só não me sinto preparada pro mundo lá fora, entende?
— Clara, a Morte é uma coisa que você tem que aprender a enfrentar. Todos os dias uma pessoa nova nasce, e outra precisa morrer. É o fim para todos. Se você ficar parada esperando a cura, ela não vai chegar. A cura está na vontade, na persistência.
— Como você pode saber? — alfinetei.
— Se situa! Você está recebendo conselhos de uma velha de 72 anos que ainda tem sua lucidez!
— Procurei emprego hoje, mas não encontrei nada que me servisse.
— Às vezes é você quem precisa se ajustar. Olha... Conheço uma floricultura aqui perto que está precisando de alguém. Estou vendo que você gosta de flores... — Ela apontou para o arranjo em cima da mesa. — Vai lá dar uma olhada! Não é nenhum trabalho fantástico, mas pra uma pessoa inteligente e capaz que está se rebaixando a caixa de supermercado, deve estar de bom tamanho.
— Acho que vou fazer isso. Obrigada.
Fechei a porta naquela tarde com um pouquinho de esperança, e acho que esperança naquele momento foi achar que

o sentimento que eu tinha não era algo permanente. Pode-se dizer que aquela visita me ajudou a acordar algo que estava adormecido em mim: o ânimo. Fui à floricultura. No dia seguinte, às sete da manhã, começaria a trabalhar.

Foi assim, simples. Eu juro.

A noite foi perturbadora. Pensava na interação com outras pessoas, e me sentia apreensiva demais. Temia ter me tornado um ser simplesmente antissocial e incapaz de sobreviver no meio de outros, um bicho do mato. Não conseguia entender como dividiria o mundo particular e intimista dos meus pensamentos com o mundo invasor da realidade. Afinal, ao repartir os dois, teria que encontrar uma maneira de não deixá-los ficar embolados. Também tinha medo de não saber seguir ordens como uma pessoa normal. Medo de ser consumida por pensamentos, de ser incapaz de realizar um trabalho decente.

A hora de deitar na cama sempre chegava de maneira traiçoeira, na pontinha dos pés. Eu nunca tinha certeza se iria conseguir lutar contra a insônia, se iria conseguir afundar nos lençóis, dormir e sonhar de olhos fechados, como as pessoas normais fazem. Temia o chegar da escuridão.

Deitei cruzando os dedos, logo rezando para Deus me fadar com uma bela noite de sono, tão necessária. Deitei e esperei que o escuro nos olhos viesse sem que eu percebesse e me levasse para a dimensão do inconsciente. Esperei e esperei, mudei de posição, tentei me acomodar, amassei o travesseiro, tomei um gole de água do copo que estava na cabeceira. Esperei mais um pouco e olhei no relógio. Uma hora da manhã e nada de cair no sono, nada de conseguir me concentrar na obrigação do dia seguinte, nada de as luzes se apagarem. Levantei, fui ao banheiro, tomei um Dramin, fiz xixi e voltei para a cama. Pronto, agora vou dormir, pensei. E nada acontecia, eu só me virava de um lado para o outro, cada vez mais irritada e convencida de que trabalhar não era uma ideia tão boa assim. Continuei pensando, relembrando coisas impossíveis de se consertar, imaginando outras. Imaginei a gratificação de ter meu dinheiro no final do mês novamente e tentei adormecer ao embalo daquele pensamento feliz. Nada, só o silêncio do meu quarto e os grilos fora da janela. Levantei, coloquei Chopin para tocar e peguei mais água na cozinha. Andei no escuro, na pontinha dos pés, com a minha camisolinha branca, ao som do piano. Como uma criança medrosa, fechava os olhos para não ver algo desagradável.

Crianças têm medo de fantasmas, têm medo de monstros. Adultos têm medo de gente, têm medo de ficar sem gente.

Bebi água e fui ver as horas. Eram 2h22. A manhã demorava a chegar, o sol não tinha pressa alguma. Já estava morrendo de raiva, queria prantear, desistir do trabalho e da rotina, desistir de tudo, berrar por socorro. Estava na culminância da minha paciência.

Caminhei lentamente de volta ao quarto, mas quando passei pelo banheiro tomei um susto e dei um pulinho desajeitado. Era eu no espelho, toda de branco, como um fantasma. Crianças têm medo de fantasmas e eu também.

Sentei na cama e rezei pela alma de Maria. Rezei para que ela me guiasse, me desse forças para viver minha vida, forças para ter vontade de encontrar um caminho feliz. Depois pedi proteção no novo emprego, proteção contra as pessoas. É que eu estava deixando de ser intangível para ser corajosa, e elas podiam me machucar. É que eu estava vulnerável e até o ar comprimido entre os lábios do vento podia me carregar para bem longe.

Três e vinte da manhã e eu já chorava histericamente. Já não raciocinava. Estava descontroladamente socando os travesseiros com os punhos e implorando para o sono me tocar, arrancar meus sentidos, me estuprar. Implorando para não ficar acordada, implorando. E de quebra deixando sair lágrimas que ainda precisavam ser choradas pela minha mãe. Minha mãe. Ela sim era minha mãe. Não sei então por que pensava tanto naquela que eu nem conhecia. Não sei por que passava tanto tempo tentando moldá-la na massinha dos meus pensamentos. Afinal, tratava-se da mulher que havia me empurrado para fora do livro de sua vida com frieza, e dito: "Se vira." Não sei, mas no escuro eu podia chorar.

Dormi. Meu Deus, eu dormi, obrigada, mas acordei. Acordei suando, com o corpo moído, cheia de calor, calor irritante, coceira, e a respiração arquejante. Outro pesadelo de que me lembrei rapidamente e depois me esqueci. Droga.

Quatro e cinquenta da manhã e eu havia malogrado. Decidi que era melhor deixar o dia chegar. Não havia mais o que fazer. Outra série e outra temporada viriam. Outra crise, os mesmos problemas. Só a repetição ensinava lições. Durante a vida, e na escola.

Fui ao banheiro, observei minhas olheiras monstruosas na luz fosca. Tomei banho, banho quente dessa vez. Quem sabe eu adormeceria à mercê da água fervente. Nada, somente lembranças. Eu e Maria costurando, vendo televisão, caminhando no parque, jogando baralho, rindo, bebendo vinho, conversando. Só as memórias boas, nenhuma memória ruim, nenhuma memória triste. Os dias de doença eu prefiro esquecer e consigo deixar por isso mesmo. Esses dias não doem tanto quanto os de felicidade. São esses momentos que vão fazer falta, os que eu nunca mais vou ter.

Minha memória é como meu próprio filme, como minha própria literatura. Não são bem os dias que recordo, mas os momentos, os mais inesperados momentos. Lembrar é uma maneira de segurar as coisas boas que amo. Tudo aquilo que não posso suportar perder por completo. O truque é encontrar uma maneira de separar as coisas e as ruins, colocá-las em diferentes gavetas. O truque é deixar as coisas ruins trancadas a sete chaves. Nessa época eu conseguia fazer essa divisão; hoje, já é diferente. Agora questiono se fazer isso é uma solução ou um problema. Dizem que tudo, por mais terrível que seja, acontece por uma razão.

Para mim, lutar sempre foi inútil. Só a aceitação gerou consciência.

Eu penso e rompo o decurso. Mergulho de cabeça dentro da minha própria cabeça e vivo em um lugar onde os relógios não existem, onde tudo aparece sem tempo e espaço. É como se existisse uma porta flutuando no meio de uma sala. Você olha e diz imediatamente que não dá em lugar algum. Mas é nessa porta que eu entro, e dentro dela há um mundo enorme que é só meu.

Uma vez, quando eu era criança, quase morri de febre. Minha cabeça ficou enorme e inchada como um grande balão vermelho. Dentro dessa porta, às vezes consigo estourar o balão.

Penteei meu cabelo pela primeira vez em dias. Depois coloquei um pouco de *blush*, base abaixo dos olhos, e meu perfume de sempre no corpo. Fui ver se o jornal já havia chegado. Ainda não, só o barulho seco do silêncio. Saí pela porta, entrei no velho elevador ranzinzo, e ouvi o despertador tocar no vazio. Obrigada pelo toque de acordar, pensei indignada. Saí pela rua e fui tomar café da manhã na padaria do senhor Arnaldo.

Tudo parecia estar bem. Comia um pão com mortadela, quando percebi que a hora de ir estava se aproximando junto com meu nervosismo. Caminhei com o corpo enfadonho, as mãos trêmulas segurando a bolsa, e pensei em voltar atrás. Balancei a cabeça negativamente, espantei o pensamento como quem expulsa ratazana com vassoura, tomei um gole de ar, acelerei meus passos tímidos e cheguei à floricultura com o coração na mão.

— Bom dia, senhorita Clara! — disse a simpática dona do lugar, dona Helga, que me esperava na porta.

— Bom dia — respondi com um grande sorriso forçado por puro nervosismo.

— É um belo sorriso pra uma vendedora! — ela exclamou enquanto colocava a mão nas minhas costas calorosamente e me levava para dentro. — Esse aqui é o Lukas. Lukas, a Clara é nossa nova vendedora. — Ela riu de maneira escancarada. — Aqui dentro nós somos como uma família, querida. Seja bem-vinda!

— Seja bem-vinda! — Ele repetiu, com um sorriso límpido que arrancou de cara um de mim também. Seus dentes brilhavam.

Meu coração bateu forte. Senti-me genuinamente bem-vinda. Aquele lugar parecia ter paz. Por um momento, esqueci meu medo. Alguma coisa me confortou.

No decorrer do dia, percebi que Lukas ficava tentando encontrar o foco dos meus olhos. Até quando estava de costas eu percebia. Aquilo me deixou constrangida. Nunca havia trocado palavras com aquele homem na vida. Ele me intimidava, me deixava calada. Eu não sabia como lidar com o frio na barriga que começava a atacar quando tentava olhar de volta para ter certeza de que não estava imaginando a situação. Realmente eu devia estar carente. Fingia ignorar o clima tenso presente no ambiente, mas não sei se conseguia. Temia que meu desconforto transparecesse. Quando me esforçava para abrir a boca e iniciar um assunto, uma voz dentro de mim perguntava: "Quem você acha que é?"

O silêncio vencia a vontade. A insegurança reinava.

Eu estava de parabéns, dona Helga disse no final do dia. Havia sucedido bem no aprendizado, e havia entendido como as coisas funcionavam por ali. Era uma vendedora nata que atraía clientes com sua gentileza e simpatia. Seria possível? O tempo havia passado de maneira veloz e eu não parecia estar presa a uma obrigação.

"Seja bem-vinda", eles haviam dito.

— E aí, curtiu seu primeiro dia? — Lukas perguntou enquanto recolhia os buquês que estavam em cima do balcão. Em seguida ele os levaria para a pequena estufa, onde o irmão da dona Helga trabalhava também.

— Foi legal — respondi com um sorriso bobo, desviando o olhar para as rosas vermelhas que ele carregava nos braços fortes.

— Maneiro. Sorte sua que não precisa tirar espinhos de rosas. Tô todo cortado — disse, mostrando o dedo que sangrava.

— Isso deve doer!

— Que nada! Não é nada comparado com as dores da vida, não é? — Ele sorriu e olhou para mim de maneira misteriosa.

— É verdade — respondi cabisbaixa.

— Vou a alguma lanchonete comer uma coisinha. Não saí na hora do almoço. — Ele hesitou e olhou dentro dos meus olhos. — Você quer vir?

Prestei atenção demais nos lábios dele e acabei me perdendo. Minha resposta saiu desengonçada.

— Não, obrigada. Tenho um compromisso mais tarde.

— Tudo bem — ele respondeu um pouco esmorecido. — Até amanhã! Vou lá dentro me trocar.

Eu queria ter aceitado, mas senti medo. Medo do que estava me empurrando a ir com ele. Eu não podia me apaixonar pela primeira pessoa que me desse um pingo de atenção. Não é assim que as coisas funcionam.

Mas o que é se apaixonar? Eu já nem me lembrava mais.

Mesmo com medo, fui embora sorrindo. É que eu sabia que o veria no dia seguinte, e que no dia seguinte eu viria trabalhar. Pela primeira vez em muito tempo, tinha certeza de que tudo estava acontecendo no mundo real, no mundo fora da minha cabeça. E não era tão ruim assim. Na verdade, era até bom.

Tirei o dia para organizar a casa e me livrar das bugigangas que havia acumulado por anos. Estava acordada desde as quatro da manhã. Havia sido mais uma noite de luta, eu já estava acostumada. Sentia-me cada vez mais fraca.

Passei um tempo pensando obsessivamente em como as coisas estavam se amontoando por ali. As minhas coisas e as coisas de Maria. Precisava fazer uma limpeza, renovar os ares. Estava ouvindo "Superstar" na versão de Luther Vandross e a chuva caía forte, em grandes pancadas. Os relâmpagos ocasionais e raivosos me assustavam todas as vezes, e quase me faziam derramar a xícara de café quente e amargo que tinha nas mãos. O piano tocando no fundo caía como uma luva sobre o clima cinzento de nostalgia.

A nostalgia é uma sirigaita sedutora, uma doce mentirosa. Cria saudades de coisas que às vezes nem importância tiveram, cria a ilusão do passado perfeito sem as quinas corroídas. Não é seguro sentir saudades de coisas que sei que não podem voltar, mas como não consigo manter o controle, estaciono a vassoura.

Coloquei a xícara em cima da mesa de vidro da sala, ao lado das fotos que eu havia espalhado, e estacionei a velha caixa preta no chão. Debrucei-me sobre as recordações dos momentos gravados, tentando preparar-me para o que estava chegando.

Ah se ela soubesse quanta falta me faz, pensei, enquanto colocava de lado as fotos de nós duas que já havia visto.

Fotos pra lá, fotos pra cá, até que me deparei com algo que não me vinha à mente havia alguns anos. Um relâmpago anunciou o retorno à superfície. Fiquei assustada. Era algo que havia se apagado lentamente com o passar dos dias, algo que havia perdido a força conforme se afastava, conforme as lembranças iam se desgastando. E apesar disso, algo que nunca deixara o terreno baldio do meu coração. Mergulhei em devaneio.

Julian Spazzarolo. Dizer seu nome me dá calafrios na espinha.

Permiti, por alguns segundos, que meus olhos se perdessem no verde-água dos olhos dele. Deixei-me ficar hipnotizada com a visão do seu sorriso branquinho. Estava absorvida pela bela música que ainda tocava no fundo da sala mortiça. Por alguns momentos somente, senti o cheiro refrescante de sua pele suada e do hálito açucarado de sua boca. Abri meus olhos viajantes e deixei que admirassem eternamente, por mais alguns segundos, os traços indefectíveis do seu rosto. Suspirei com a perfeição que um dia havia tocado, que um dia havia sentido, que um dia tivera só para mim. Pode ser que tenha sido amor, pode ser que tenha sido desejo. Eu nunca soube muito bem o que era que eu sentia. Ele era meu primeiro e único, até então. Eu olhava para aquela foto de tempos alegres e cheios de suspiro e deixava que povoasse meus pensamentos, que renovasse as lembranças, que conservasse um sentimento que devia ter morrido, mas que somente foi enterrado ainda cheio de vida. Pausei em um desespero lúcido.

Aquela foto era uma farsa. Lembro-me bem de quando ele partiu meu coração em 500 milhões de pedacinhos e foi embora para longe. Lembro-me bem de que estava prestes a usar branco. Mas espera...

Como pode meu coração ter sido partido, quando nunca foi inteiro?

Separei a foto no canto da mesa, juntei as outras nos braços, e as joguei bruscamente de volta na caixa, à qual pertenciam. Por que cavava o passado quando estava tentando e quase conseguindo me adaptar ao presente? Por que insistia em caminhar olhando para o retrovisor? A mesma música continuava tocando quando, decididamente, abri a porta e fui até a lata de lixo na rua – toda desleixada, ignorando meus trajes de dormir. Não havia ninguém por perto, ainda bem. Suspirei. Meu peito doía, mas as lágrimas não saíam. Eu não gostava de chorar. As lágrimas simbólicas estavam caindo do céu cinzento e me molhavam sem piedade. Me senti melhor, com a alma mais limpa. Rasguei a foto em mil pedacinhos imaginando que era seu coração, e deixei que as sobras caíssem junto com as coisas que os outros também não queriam mais. Uma brisa de alívio atravessou meu coração quando um vento forte passou pela rua. Eu felizmente havia me lembrado de que o amor, ou o desejo, não faz bem. Que entra debaixo da pele e age como um sanguessuga, me deixando seca, sem nada. Meu coração estava fechado, trancado. Não sabia nem por que estava dando bola para os olhares de Lukas. Colocar Julian de lado havia sido doloroso o suficiente por toda uma vida. Como podia me esquecer disso por um segundo sequer?

Eu guardava aquele segredo dentro de mim. Era um sentimento ruim, era raiva. Meu coração estava cheio de sentimentos ruins, cheio de segredos, e ninguém iria tocá-los. Eram só meus. Como as minhas lágrimas, que antes de virarem água, viravam ar e sumiam, juntando-se aos odores e barulhos da cidade.

O CD continuou tocando na sala depois que tomei banho, e a frase reproduzida me tocava com veemência, na voz triste daquele homem. "Loneliness is such a sad affair"; a solidão é um caso tão triste. E como é! Tirei "Superstar" do repeat e deixei "A House is Not a Home" tocar. Outro relâmpago macabro, e a campainha tocou. Com o pé descalço, empurrei a caixa para debaixo do sofá e fui atender a porta; só podia ser a Lurdez.

— Aproveitei que hoje é sábado. Vim trazer um pouco de vinho e perguntar sobre o trabalho. — Ela entrou apressada e se sentou. Fiquei sem reação, estacionada na porta. O que é que havia para dizer?

— Foi tudo bem, mas não quero falar sobre isso.

— Algo errado, Clara? Você está ocupada? — Ela levantou desajeitada.

— Senta, Lurdez. Está tudo bem. — Fui à cozinha pegar duas taças. — Você pode beber assim? — perguntei de cabeça baixa.

— Eu não bebi durante a minha vida inteira. Hoje em dia eu sei quando posso me dar um presente. — Ela serviu o vinho nas nossas taças. — Fico impressionada como você se parece com a Maria. Sei que tem algo te cutucando. Quer me dizer logo o que é?

— Não é nada, não sei do que você está falando.

— Vamos lá! Deixa de rodeio!

— Sou assim transparente? — ri encabulada.

— Já nos conhecemos há um tempo, não é?

— Tá certo. — Tomei um gole doce de vinho. — É que eu conheci alguém...

Ela abriu um sorriso espontâneo e se ajeitou na cadeira como quem pede para ouvir mais.
— Um homem, Clara?
— Nem se anima! — continuei. — Não é nada de mais, eu nem tenho tempo para essas coisas.
— Como não tem tempo? Tempo é o que você mais tem nas mãos.
— Não tenho mais idade...
— Espera aí! Não tem mais idade? — Ela riu com certo desespero. — Quer arranjar uma desculpa melhor? Olha para mim e olha para você. *Eu* não tenho mais idade, você é uma alma novinha em folha. Tem mesmo é que amar por aí, antes que realmente passe da idade e queira, mas não possa, dividir seu coração e principalmente seu corpo.
— Eu nem conheço ele, Lurdez. Nem sei por que disse isso, estou alucinando. Nos conhecemos há uma semana...
Ela me interrompeu:
— Não pense que com o tempo tudo vai passar enquanto você fica aí parada. Isso é só um ditado que as pessoas inventaram por aí. Na verdade é você quem precisa mudar as coisas por você mesma. O tempo só te acompanha. Na verdade, ele nem existe.
— Eu sei, mas tem um sentimento dentro de mim que me impede.
— Então você precisa lutar contra ele! Precisa se abrir para novas oportunidades, para novos amores! Trabalhar foi um passo enorme! Agora dá outro passo, e aos poucos você vai ver que as coisas vão se ajeitando. — Ela tomou um grande gole de vinho e eu a acompanhei. — Me conta sobre esse rapaz!
— Ele trabalha comigo. — Fiz uma pausa. — Durante essa semana, percebi que não conseguia parar de olhar pra ele. Achei

que era ele quem estava olhando para mim, então fiquei observando os movimentos dele. Ele tem uns olhos escuros e um sorriso brilhante... Chama muita atenção! Passa uma paz que se mistura com medo, sabe? Fiquei observando ele carregar as rosas, cortar os espinhos, fazer os buquês... As mãos dele são tão gastas... — Ela sorriu e me serviu mais vinho. — Ao mesmo tempo em que me sinto bem quando o vejo, sinto certa repulsa. Sei que só admiro as feições dele dessa forma porque o que sinto é desejo, e isso me assusta. Aprendi com a vida que o desejo é amaldiçoado! Já nasce com a vontade de morrer! É um sentimento que insiste em se instalar e que faz do seu corpo o protagonista, não te deixando tomar decisões lúcidas!

— E eu acho que o que você precisa é justamente de outro alguém pra tomar decisões com você. Sabe, Clara... ou nos deixamos acender pelo desejo, ou não existe amor!

Meu fôlego rareou. Levantei da mesa um pouco atordoada e peguei a garrafa para derramar mais vinho no copo. Tomei um grande gole e até engasguei.

— Não quero pensar nisso agora. Por favor, não faz mais perguntas. — Parei com os olhos grudados fora da janela em algum ponto distante. Não enxergava nada.

Ela se calou e tomou outro grande gole.

Quando a noite chegou, meus olhos estavam pesados e sonolentos. Eles me assustavam, por terem um poder incrível. Não que tivessem uma arma maior do que a minha nesta batalha, é que eles eram mais inteligentes. Sabiam como me deixar em claro, ou melhor, na escuridão, afogada no pensamento. Eles tinham muita paciência, por isso conseguiam ganhar de mim.

Eu fiquei realmente absorvida em meus pensamentos, como sempre, depois que Lurdez foi para casa meio embriagada. Qual é a diferença entre o desejo e o amor?

Acreditando com paixão neste desejo por um amor que ainda não existe, nós o criamos. Mas será que esse desejo é realmente a vontade de sentir amor, ou será que isso é simplesmente o que escolhemos acreditar porque deixamos os dois se emaranharem e não sabemos distingui-los? Maria me disse uma vez que para sermos realmente felizes, devemos admirar sem desejar. O desejo pode se transformar em uma fixação por algo que não existe, por algo que devíamos achar dentro de nós mesmos, criando a ilusão alucinada de que está no outro. Mesmo que esse desejo fosse realizado e se transformasse em algo maior, um dia acabaria, um dia morreria, e deixaria o buraco que outro desejo não poderia nunca preencher.

Na verdade, eu achava a Morte muito mais parecida com o amor do que o desejo. Os dois chegam de repente, despercebidos, e não nos deixam escapar. Mesmo quando fingimos entender a arte de não se deixar envolver pelo amor, não conseguimos realizá-la. O verdadeiro amor é definitivo. Por isso, pode parecer tão assustador quanto a Morte. O amor é um pouco mais esperto, porém. Afinal, mantém esse segredo escondido debaixo da excitação.

Pode ser que eu pense assim por nunca ter tido um verdadeiro amor. Talvez no fundo eu faça parte desse grupo de pessoas que acha que sabe como manusear o refúgio.

Acordei na manhã seguinte – repito, acordei – com o corpo mais relaxado. Abri os olhos surpresa. Por algum motivo, eu havia conseguido apagar por algumas horas. Levantei da cama: eram cinco e meia. Fui preparar um pão com café. Talvez naquela noite eu não tivesse tido pesadelos e estivesse mais leve. Coloquei a xícara de café em cima da mesa da sala e fui até a janela. O sol estava se erguendo, talvez fosse a manhã mais clara em muito tempo. Fiquei parada olhando para o céu, e senti que era um milagre ser testemunha de tamanha beleza. Talvez porque estava esperando na escuridão. O céu radiava tons entre o laranja e o amarelo. Era uma das pinturas mais lindas que eu já havia visto. Acontecia sem a necessidade de pinceladas de homem algum. Que dádiva! Uma manhã tão clara se pondo sobre uma segunda-feira! Olhei para a rua e vi o lixeiro com seu uniforme laranja se encaixar como uma luva sob a pintura do céu.

Silenciosa e respeitosamente, ele pegava os sacos de plástico pretos, da cor de seu rosto debaixo daquela luz, e os atirava para dentro de um caminhão. Realizava seu trabalho sem qualquer expressão e demonstrava agilidade. Carregava para longe os restos da vida de muitos e estava levando, sem saber, pedaços da minha. A admiração nos meus olhos demonstrava minha gratidão a ele.

O lixo descartável do dia anterior aguardava pelo caminhão. O homem de laranja não deixava de vir em nenhuma manhã para realizar, sem saber, um trabalho admirável: levar embora o que não presta mais.

Abri um enorme sorriso e fui interrompida por um pensamento intrometido. Corri para o quarto e peguei um pequeno calendário que estava na mesinha de cabeceira. Meu queixo caiu, arregalei os olhos. Era meu aniversário. Meu inconsciente se lembrara antes de mim.

Fui até a janela novamente e ponderei com uma luz cintilante que piscava dentro de mim. Havia sobrevivido mais um ano. Quem sabe, mais tarde, até comemoraria.

Entrei pela porta de vidro de maneira apressada, e esbarrei com Lukas. Ele estava cheirando a rosas. Uma onda de retesamento atravessou meu corpo. Cumprimentamo-nos cordialmente e eu fui para trás do balcão. O prendedor de cabelo que eu usava caiu no chão, e abaixei para pegá-lo. Quando levantei, meu coração sobressaltou.
— Feliz aniversário!
— O quê?
— É seu aniversário, não é?
— Como você sabe disso?
— A Helga viu a data na sua ficha e me disse — ele respondeu. Ri surpresa. Alguém no mundo sabia. — O que foi? Você é daquele tipo de mulher que tem vergonha da idade?
— Não, claro que não! Só estou surpresa. — Levantei as mãos para prender o cabelo novamente, tentando disfarçar meu estado de choque.
Lukas atravessou o balcão para a parte de trás e segurou minhas mãos de maneira delicada. A mesma onda persistiu e dessa vez percorreu mais lugares do meu corpo. Ele retirou o prendedor de cabelo e deixou que meus cabelos ondulados caíssem sobre meu rosto, como a moldura de um porta-retrato.
— Você fica bonita de cabelo solto!
Me senti bem com o que ele disse. Olhei dentro de seus olhos e agradeci, mas sem dizer uma palavra. Senti uma feli-

cidade patética. Queria saltitar pela loja, queria oferecer flores de graça aos clientes.

Ele se aproximou de novo no final do dia. Dessa vez foram meus joelhos que enfraqueceram. Não havia mais ninguém na loja. Helga não tinha ido e não havia nenhum cliente por perto. Procurei de rabo de olho.
— Como você vai comemorar?
— Não tenho planos...
— Sou um cara de sorte, então!
— Oi? — Talvez eu estivesse dormindo. — Não entendi o que você quis dizer...
— Vamos comemorar! — ele exclamou com um sorriso seguro no rosto.

Lukas era de fato tão seguro, que eu me perguntava se ele realmente era de verdade. Talvez ele fosse fruto da minha imaginação. Fechei os olhos, quem sabe acordaria na cama. Quando os abri, vi que ele estava me olhando de maneira insólita.
— Aonde vamos? — perguntei aceitando o convite de maneira receosa.
— Você vai ver... Vamos direto daqui! — Ele foi andando e voltou atrás. Eu continuava parada. — Você gosta de sanduíche de carne?

Achei a pergunta engraçada e respondi mais descontraída:
— Sei lá... Gosto! — E ri.

Dessa vez foi ele quem ficou sem graça e voltou para dentro. Olhei no relógio e vi que ainda faltavam 40 minutos para o fim do dia.

Quantas horas podem passar dentro de 40 minutos?

Caminhamos com certa ansiedade em nossos corpos. O sol estava quase indo embora e mesmo assim o dia continuava fulgurante. Eu ainda não sabia para onde estávamos indo e a surpresa mexia comigo. Tentava me lembrar de quando havia sido a última vez em que alguém havia feito uma surpresa para mim. Não tinha ideia.

Chegamos a um parque deserto, que ele disse que se chamava "Jardim Secreto". Achei graça, pois adorava aquele filme. O Jardim Secreto era incrivelmente verde, cheio de flores coloridas e perfumadas.

— Eu realmente gosto de flores, devo admitir — ele disse um pouco encabulado. Fiquei calada olhando seus lábios se moverem. — É meio ridículo pra um cara, né? — Ele colocou as mãos dentro do bolso da calça.

— Não! — respondi apressada. Ele sorriu e se sentou no chão. Sentei-me ao lado dele.

— Vamos comer sanduíches de carne? — perguntei com uma risada na ponta da língua.

— Agora você está me deixando sem graça. Eu não trouxe os sanduíches. Foi uma pergunta idiota...

— Desculpa... — respondi.

— Não precisa se desculpar. Eu gosto... — Ele hesitou com grande nervosismo. — Eu gosto de você...

Tentei responder. As palavras ficaram empacadas dentro da minha garganta, viraram saliva, e eu as engoli. Outra onda atravessou meu corpo, uma onda cálida.

— Eu... — tentei responder novamente.

— Não diz nada. Não quero que você se sinta na obrigação de dizer alguma coisa. A gente mal se conhece, e eu só quero que você tenha um aniversário legal.

— Acho que nunca tive um aniversário tão legal quanto esse.

— Fala sério!

— É verdade... Não sou uma pessoa muito social, não conheço muita gente, não costumo comemorar. Não costumo nem sair de casa. — As palavras correram para fora da minha boca, eu estava sendo sincera. Nem me importava com o que ele iria pensar.

— Por quê?

— Não sei dizer. Minha vida não tem sido um mar de rosas... — Olhei em volta e senti outra onda. Eu estava me precipitando.

— Não consigo parar de pensar em você desde que você foi lá pedir trabalho. Você não me viu, mas eu te vi. Te achei tão diferente das garotas que conheço... — Ele hesitou e fechou os olhos com força. — Estou indo rápido demais?

— Não pare de falar... — eu disse, quase sussurrando.

— Eu pedi pra Helga te contratar, queria te conhecer melhor. Passei a semana inteira pensando em como me aproximar de você, mas nunca conseguia puxar assunto. Achei que você estava me ignorando. Percebia você me olhando, mas não tinha certeza. — Ri meio sem graça. — Achava que era coisa da minha cabeça.

— Eu devo estar sonhando! — declarei entusiasmada.

— Não. Estamos acordados.

E vivos, pensei em voz baixa.

Ele aproximou seu corpo do meu e meus olhos se fecharam imediatamente em um impulso. Ele tocou minha face com a palma da mão. Meu rosto se mexia em ritmo próprio, acompanhava o vento fresco e a melodia daquele momento que eu não imaginaria nem nos meus sonhos. Quando abri os olhos, seus lábios estavam quase tocando os meus. Eu conseguia sentir certa eletricidade entre eles. Antes que ele fizesse com que se tocassem de fato, eu o fiz. Tomei uma decisão. Resolvi que a minha vontade de que aquilo acontecesse era mais que meu temor, então venci o medo. Eu o beijei e foi mais forte do que eu. Meu suspiro foi soberano. A sensação parecia ser novinha em folha. Foi quando percebi que sentia mesmo falta dela.

No que aquilo iria se transformar, eu não podia prever, mas podia imaginar, e por fim desejar. Desejar que fosse amor, a chama se acendendo. Era um sentimento novo, um sentimento desconhecido, mas que não me assustava. Pela primeira vez, o jardim da minha alma e o jardim da minha vida estavam floridos. Os dois haviam se unido de fato, e se transformado em um só. Nós estávamos vivos.

Era tudo real. A grama, as flores, os perfumes, as nuvens, e ele. Tudo em volta de mim era real. Em volta, acima, dos lados, na frente, atrás.

— Esse pode ser o nosso jardim, né? — ele perguntou, e eu concordei. Guardei aquilo na minha caixinha de segredos bons. Parecia que ela estava vazia fazia muito tempo e que havia suspirado com o novo momento.

Foi naquele dia que percebi que a solidão de uma mulher nada mais é do que seu medo de viver. Poderia eu estar livre? Ou será que o amor estava a caminho, pronto para me transformar em uma refém? E qual dos dois era mais aprisionador? Ser refém ou se esconder? Eu estava prestes a descobrir. Foi assim que tudo começou. Ele se encarregou de tirar meus espinhos.

CAPÍTULO 4
O ÚLTIMO CIGARRO

É difícil narrar a história a partir daquela tarde. Aposto que vocês sabem que não tem como recordar a cronologia de um romance da vida real. Quando olho para trás, fico intrigada. Mal me reconheço e sinto vontade de aplaudir. Depois vem o exaspero. O corpo inflama e quer estourar.

É mais fácil dizer que nós viramos amigos acima de qualquer outra coisa. Comecei a aprender a me abrir para outra pessoa pela primeira vez. Nunca havia me sentido tão confortável com alguém como me sentia com ele, que cabia em mim como uma segunda pele. Era a melhor chance que eu havia tido de ser feliz e encontrar um caminho. Ele me ajudava a enxergar, dividia a visão dos meus olhos e o propósito dos meus dias.

Vivemos um dia de cada vez.

Repartíamos o mesmo emprego, os mesmos horários, a mesma cama e a mesma vista na hora de acordar. Acordar, eu aprendi a acordar e me espreguiçar. Aprendi a esperar pelo despertador, a dar de cara com o jornal da manhã. Não precisava nem maquiar as olheiras.

Um dia eu até sonhei. Nem um anjo dormia tão bem quanto eu.

Fui devagar. Um beijo num dia, outro no outro. Um passeio, uma conversa, um jantar, a tensão na floricultura, o sorriso escancarado de dona Helga, mais conversas, e depois me entreguei. Estava na hora, não havia mais por que resistir. As mãos foram jogadas para cima. Deixei que ele descobrisse minha pele e minha carne. Que tivesse a chance de encontrar um lugar no meu coração.

Não podia acreditar que estava sem o cinto de segurança. Mesmo assim, não sentia medo. Parece até que minha pele tinha ficado mais macia.

Até hoje eu me pergunto como fui tão madura, e como foi que não hesitei. Lurdez vibrava quando encontrava com ele no prédio. Garantia-me que nunca havia me visto tão sorridente e ativa. Ela sabia que tinha me empurrado para dar aquele passo gigantesco. Nós não nos víamos mais tanto quanto antes. Às vezes a saudade batia e eu desejava estar jogando papo fora com ela, mas estava envolvida demais no meu romance para pensar em qualquer coisa que não fosse Lukas.

Passei a sair para fazer compras e para caminhar. Comprei livros de receita, e um de poesia também. T.S. Elliot, para ser exata. Os novos hábitos faziam-me antecipar mais ainda as novas manhãs. Nós éramos parceiros em tudo que fazíamos. Nada mais importava além do mundo que estávamos construindo.

Passávamos metade dos dias no meu apartamento, metade dos dias no dele. Eu preferia ficar lá. Era um lugar simples mas bem decorado, com um quarto, uma cozinha e uma sala. Ele tinha troféus de natação de quando era mais novo em uma prateleira na sala, e muitos livros e CDs. Numa noite leu Sylvia Plath para mim, numa outra me mostrou seu CD da Marianne Faithfull. Beijamo-nos ao som do piano e do violino romântico de "Crazy Love". Pufes enfeitavam os cantos, em volta da mesa de jantar de vidro. Numa noite fiz lasanha e bebemos vinho. No quarto dele havia uma televisão de 20 polegadas, em que assistíamos a filmes nos finais de semana. Ele tinha uma enorme coleção de filmes do Almodóvar, seu diretor preferido. Na mesinha de cabeceira havia uma foto de seus pais, mortos em um acidente de ônibus. Ele rezava por eles todas as noites e sua sensibilidade me confortava. Os Céus o haviam enviado para mim.

Era o que eu almejava. Uma melodia refrescante. Encostava a cabeça no ombro que havia encontrado e pensava que o que havia acontecido no passado já não me importava mais. Eu estava feliz. Havia batido a cabeça em várias portas, mas havia chegado lá, e tudo estava bem. A porta aberta em que eu morava era real daquela vez. Eu sentia que nada iria machucar nosso amor, nem a imensidão do tempo e do espaço. Até isso nós dividíamos.

Finalmente dissemos "eu te amo". Eu estava certa, não podia escapar.

Não estava presa ou sufocada. Estava livre dentro de mim mesma, abobalhada e rejuvenescida. Embriagada dele, mas, principalmente, embriagada de mim mesma. E ocasionalmente, é claro, bêbada de um bom vinho. Nunca havia sido tão bom ser eu mesma, e já não me lembrava mais por que eu sentia medo. Ele era especial e, em vez de tirar minha independência, me encorajava a ser um indivíduo. Não tinha como ficar melhor.

Mas tinha como ficar pior.

De longe já podíamos ouvir o barulho de sirenes e carros de polícia poluindo o ar. O volume assustador aumentava a cada passo apressado, porém nem tanto. Eu queria correr e queria hesitar, e quanto mais perto chegávamos, com certo ressentimento aparente, mais sentíamos o cheiro, aquele cheiro terrível. Meus olhos estavam cheios de lágrimas pela primeira vez em muito tempo, e meu almoço se revirava dentro do estômago. Eu não deixava as lágrimas saltarem, respirava fundo. Paramos na frente do meu prédio e ficamos paralisados. Havia uma faixa amarela na frente do edifício, e dois policiais impediam que as pessoas se aproximassem. A moradora do apartamento do segundo andar, de dentro do qual a fumaça saía, chorava tanto que babava. Uma menina mais nova, que parecia ser sua filha, usava um uniforme escolar conservador e a abraçava. Pelo menos eu sabia que elas estavam vivas. A moça estava de camisola. A mão de Lukas apertava a minha.

Comecei a tossir de maneira desesperada. A fumaça alastrava no ar. Lukas também tossia um pouco. As imagens pareciam mover-se em ondulação, enquanto, de fininho, iam para trás das nuvens tóxicas. Eu não conseguia falar, só olhava inerte e ouvia, cada vez mais alto, o barulho do caos. Quando chegou ao estágio ensurdecedor, o barulho simplesmente desapareceu. Desapareceu e foi abafado pelos meus pensamentos e pelo que eu estava vendo acontecer diante dos meus pobres olhos. Ou pelo que eu achava que estava vendo, pois nada nunca é o que aparenta ser na superfície.

Tudo parecia ter ficado mais devagar. Lukas foi correndo para pedir a atenção do policial que estava mais perto. Eu ouvi ele perguntando o que estava acontecendo e explicando que eu morava no segundo andar. Não ouvi a resposta do homem, mas entendi o que significava o balanço negativo de sua cabeça. Enfiei os dedos na palma das mãos e continuei segurando as lágrimas que queriam sair. Lukas olhou para trás, para dentro dos meus olhos. Eu continuava no mesmo lugar. Como é que ele iria me contar? Será que eu estava preparada para ouvir?

Minha tosse só aumentava e de repente me engasguei. Não só por causa da fumaça, mas, novamente, por causa do medo indizível. Deus, como eu desejava estar tendo um pesadelo. Senti o estômago esquentar e gemer, e de repente sabia que estava vindo rápido demais. Eu não podia fazer nada para impedir, veio como uma avalanche. Vomitei no meio da rua, sujei meus sapatos novos. Lukas estava conversando com outro policial e nem percebeu. As pessoas aglomeradas em volta assistiam à cena como se fosse uma peça de teatro. Tirei os sapatos e os limpei na grama do canteiro que havia bem atrás de mim.

Limpei a boca com as mãos e fiquei olhando para o carro dos bombeiros. Como é que eles podiam arriscar suas vidas daquela maneira corajosa e digna para salvar a de outras pessoas que nem conheciam? E como é que eu estava pensando naquilo em uma hora tão complicada? Não sei, estava me desligando da situação, eu acho. Não queria estar ali, mas não podia me mover.

— Eu sinto muito, amor — Lukas disse, chegando abruptamente por trás de mim e colocando as mãos nos meus ombros. Elas me apertavam e eu sabia que aquilo significava algo muito nocivo.

— Eu perdi tudo? — indaguei como se fosse instintivo fazer aquela pergunta egoísta.

— Na verdade, Clara, o fogo não atingiu o seu apartamento.

Ao mesmo tempo em que eu estava feliz por ouvir aquelas palavras, sentia um frio na barriga terrível. Um pressentimento, algo que durava um segundo, mas que ia embora antes que eu pudesse identificar.

— Você sente muito pelo quê?

— Eu acho melhor a gente ir pra minha casa.
— Você sente muito pelo quê? — repeti.
— Clara, vem comigo. Por favor.
— Você sente muito pelo quê? — perguntei novamente, já gritando. O mesmo policial com quem ele havia conversado passou por mim e me olhou com atenção. Sorriu de lábios fechados. Um sorriso de lástima.

Lukas respirou bem fundo. Eu conseguia perceber, pelo jeito que suas sobrancelhas grossas e pretas se mexiam, que ele estava profundamente nervoso. Na verdade eu já previa o que estava prestes a escutar, mas não queria deixar o pensamento durar mais do que um segundo. Tinha medo de torná-lo real. Queria que ele dissesse logo, mas também queria que ele calasse a boca e desaparecesse. Droga, eu queria que tudo desaparecesse.

— A ambulância levou a Lurdez pro hospital há meia hora... Ela não sobreviveu, amor, ela...
— Morreu — completei mórbida.

Quem cala, consente. Eu sabia.

Escorreguei até o chão e fiquei agachada. Nenhuma lágrima quis sair dos meus olhos. Eu não queria deixar uma lágrima sequer sair, não queria. Senti o calor de novo, meu estômago roncando, o medo correndo por dentro de mim como um selvagem fugindo pela mata. Não conseguia manter o controle. A dor foi atirada para fora da minha boca como uma bala. Mais vômito. Meu almoço inteiro jogado no asfalto e um cheiro nojento que eu nem me importava em sentir. Um jeito diferente de estar chorando, sem deixar uma lágrima sequer sair. Eu não queria deixá-las sair, não queria. Lukas se afastou. Eu sentia raiva e, quando ele se agachou ao meu lado para tentar me dar apoio, o afastei também. Queria que sua opinião se fodesse. A opinião de qualquer um pouco me importava. A raiva só crescia e eu imaginava por que é que todos tinham que morrer.

Ele se levantou e eu me levantei também. Minha respiração estava acelerada e meu coração palpitava. Eu sentia que estava no centro de um buraco negro. Ninguém podia chegar perto de mim, ninguém. Estava rodeada por esse enorme buraco negro. Sofria sozinha, mas sofria livre.

— Como foi que aconteceu?

— Ela deixou um cigarro aceso na lixeira cheia de papéis e foi dormir. O fogo começou no quarto dela, onde ela estava dormindo, e se espalhou pelo banheiro e pela sala.

Um soco no estômago vazio. O choque foi profundo dessa vez. O choque machucou cada ossinho do meu corpo. Lurdez tinha parado de fumar havia anos. Meu coração estava doendo, ele sabia o que aquilo queria dizer. Na verdade meu corpo inteiro doía e meu corpo inteiro sabia, então ele reagia por mim.

— Por sorte o fogo não atingiu o seu apartamento — ele continuou no mesmo tom robótico e pouco triste. — O único apartamento que sofreu foi esse da frente, que, por causa do calor da janela do banheiro, também foi danificado. O seu apartamento era ao lado do dela, mas junto à cozinha, que continua intacta, então você se salvou. Já os gatinhos que ela tinha, todos se foram.

Eu ainda não conseguia dizer nada. Ouvia sua voz, mas ele não estava lá. Nem ele, nem ninguém. Era como se a voz dele estivesse vindo de um rádio, eu não o via presente. Se ele estivesse presente, não estaria com uma expressão tão calma no rosto. Estaria chorando e babando como aquela pobre moça. Ele se aproximou para me abraçar, mas não sabia o que eu estava sentindo, e não sabia o que aquilo tudo significava. Meu corpo inteiro sabia, então ele reagia por mim. Eu não conseguia chorar e babar. Afastei-me novamente. Ele ficou em silêncio, não tinha reação. Naquele momento eu o queria longe de mim. Devo ter percebido que tê-lo não era o suficiente para me salvar.

Eu o queria longe de mim porque não estava acostumada a precisar dividir o tamanho da minha tristeza, da minha solidão e do meu senso de perda com ninguém. E aquilo tudo me tornava egoísta. Estava acostumada a sentir tudo sozinha. A não precisar falar, a não precisar chorar, a não precisar demonstrar que estava triste. A ser um livro secreto fechado com um cadeado de ferro. Minha capacidade de confiança havia sido condenada. Eu sabia que era a única em quem podia confiar. Só eu sabia a maneira certa de reagir aos meus problemas. Um abraço só iria me colocar cara a cara com a realidade, só iria me lembrar de quanto tudo doía. Um abraço iria abrir a caixa de segredos escuros. Um bom amigo não faz isso. Um bom amigo, acima de consolar, finge que nada existe. O que eu sabia fazer de melhor era esconder o que sentia. Era sair pela saída de emergência que daria num abismo. Eu só podia mesmo ser louca. Mergulhava de cabeça no precipício incomensurável e imaginava que talvez não fosse um precipício. Mesmo que fosse o mesmo de antes, o mesmo de sempre.

Clara nunca foi um bom nome para mim. Até nisso minha mãe biológica errou. Apesar da pele branquinha, sou Escura como a noite. Como a caixa, como o buraco. Eu era, de todas as formas, minha melhor amiga.

Fiquei olhando para o segundo andar e tentei entender melhor o que havia acontecido. Talvez ela estivesse sozinha demais, talvez estivesse pronta para se juntar ao restante de sua família. Como poderia saber ao certo? Eu sentia a falta dela, mas estava mergulhada no meu romance. De qualquer forma, eu tinha certeza de que ela já estava cansada de esperar. Pensei que, lá, ela estaria melhor do que aqui. Em algum lá. Ela finalmente faria parte de uma coleção de mortos. Da minha, inclusive. Logo Lurdez, que sempre havia me encorajado com suas palavras cheias de vida e sua sabedoria. Talvez aquilo também fosse sabedoria. Quem sabe? Ninguém nunca voltou para reclamar.

— Vamos pra minha casa?

— Acho que eu quero ficar aqui hoje — respondi, me distanciando ainda mais.

— Clara, você tem que ser racional.

Racional? Duvido que alguma outra pessoa seria racional no meu lugar. Lurdez era a única pessoa que eu tinha depois que Maria se fora. E Maria era a única pessoa que eu tinha quando Julian se fora. Isso tudo depois de ter sido abandonada pela minha mãe biológica. Pouco a pouco, me restava nada. Lurdez gostava de mim de verdade, tenho certeza, eu era como uma filha para ela. Se não fosse por ela, aliás, não sei o que teria sido de mim.

— Clara? — ele me chamou novamente, pois eu estava aérea falando comigo mesma.

Não adianta, tudo havia voltado. Ele podia chamar meu nome quantas vezes quisesse, mas não iria me trazer de volta. Eu havia voltado para o mundo dentro da minha cabeça, tornara a ficar ausente. Nada iria adiantar. Os últimos meses haviam sido um alarme falso. Eu estava no centro de um buraco negro.

— Clara? — ele gritou.

— Vamos embora — respondi ainda distante.

Enquanto eu caminhava pelo cenário daquele desastre proposital, ouvia barulhos distintos. Pessoas falavam sem parar. Nada se fazia claro nos meus ouvidos. Quando já estava longe, ouvi a conversa de duas moças que caminhavam de short de malhação e tênis, gotejando suor.

— É o que dá ser fumante, né? Foi embora junto com o último cigarro.

Isso mesmo, pensei. O último cigarro. O último cigarro que serviu como uma nave espacial para levá-la para longe de sua solidão. Ela montou no cigarro, pegou o fogo, acendeu a brasa e foi lançada para longe.

Sua solidão não era sua desculpa para não viver.

— É uma pena — a outra moça respondeu. — Ainda bem que ela não levou ninguém junto.

Com isso eu já não sabia se concordava.

Eu precisava saber o que havia por trás de tudo aquilo. Não que eu não entendesse o porquê do acontecimento; é que eu queria saber o porquê que morava atrás do porquê. Nada nunca é o que aparenta ser na superfície e tudo sempre tem um motivo escondido.

Eu não sabia se havia estragado tudo, mas sabia que estava dificultando muito as coisas para ele. Não queria consolo, será que era tão difícil assim de entender? Eu não gostava dos olhares cheios de pena, eles seriam mais agradáveis se refletissem esperança. A esperança que Lurdez costumava me dar. A esperança que havia me levado para o lugar onde estava havia pouco. A esperança que havia me jogado nos braços de Lukas. Nunca gostei do sentimento de pena, que nada tem a ver com solidariedade. Na pena existe o julgamento, e eu odeio ser julgada. Mesmo o julgamento mais perfeito seria incapaz de chegar à raiz dos meus problemas. Foi por isso que não fui ao enterro. Eu nem sabia se conheceria alguém lá, mas se por algum acaso alguém me conhecesse, não queria forçar um abraço, ou soltar uma palavra vazia de consolo fabricado.

Ele não conseguia me compreender de forma alguma. Achava que eu estava agindo como uma pessoa louca. Se fosse verdade, o louco era ele, por ainda estar do meu lado.

E daí que eu não queria mais trabalhar? E daí que ele chegava em casa e eu estava olhando para o teto com uma xícara de café gelado nas mãos? E daí que ele falava comigo e eu esquecia de responder? Ele não tinha o direito de me julgar em um momento como aquele. Aquele era o *meu* momento, o meu momento de luto. Aquele momento não poderia ser, nem se eu quisesse, um momento de luta. Eu precisava me refugiar dentro da minha solidão novamente. Da *minha* desculpa para não viver.

    Naquela mesma semana, ao chegar em casa depois do trabalho, ele me disse que se eu agisse da mesma maneira que sempre tinha agido, iria receber o que sempre havia recebido de volta. Ele estava certo. Eu receberia o ingrato som do vazio. Eu receberia de volta as olheiras, que não haviam desaparecido por completo, mas que já estavam menos aparentes. Eu receberia de volta a insônia. Sim, a maldita insônia mais uma vez. Era de se esperar. Mas o que eu podia fazer? Ele de fato havia me distraído, de todos os meus hábitos ruins, mas não os tinha matado de vez. Não mesmo. Eu ainda era a mesma pessoa.

    Na sexta-feira à noite, ele disse que ia sair com alguns amigos do seu antigo emprego no shopping. Eu disse que tudo bem. Não ligava mesmo. Ele provavelmente sairia para beber, pois não devia estar me aguentando. Ficaria bêbado para mascarar os problemas do cotidiano. Como iria namorar uma pessoa que não retribuía no relacionamento? Ele estava se esforçando sozinho. Quando me perguntou se eu queria ir ao Jardim Secreto e eu respondi que não, sei que ele ficou decepcionado, sentiu vontade de chorar. Estávamos fazendo três meses de namoro. Sei que ele foi tomar banho para pensar, e que estava pensando se deveria continuar comigo. Talvez estivesse pensando em como tinha se enganado sobre a minha pessoa, e em como eu era diferente do que aparentava ser naquelas primeiras semanas de paixonite. A verdade é que ele tinha conhecido um lado meu que eu nem sabia que ainda existia, um lado ensolarado. Por mais que eu tentasse me enganar, sabia que meu lado escuro, essa enorme parte de mim, ainda viria à tona. Mais cedo ou mais tarde.

Nós dissemos "eu te amo", lembrei. Mas eu já não estava mais tão certa assim. Para termos dito algo tão importante, tão rapidamente, não podia ser verdade. Talvez aquele desejo que eu sentia era somente de sentir o desejo dele por mim. A necessidade feminina que eu tinha de me sentir desejada novamente, de ter o prazer de conseguir o que queria. Pois com certeza, mesmo que negasse para mim mesma, sentia saudades daquilo. Mas as coisas não podiam ser tão simples, pelo menos não para mim. Eu já não me importava mais. Ter conseguido o que eu queria era tão terrível quanto não ter conseguido. Eu só ficava pensando em como iria me livrar daquilo tudo. Não o queria mais por perto.

Voltei à minha casa pela primeira vez depois do que acontecera. Entrei acelerada, pois estava contente por estar no meu cantinho novamente. Não quis demorar no corredor, que estava completamente diferente do que era. Caminhei pelo apartamento me lembrando dos lugares por onde Lurdez havia estado. Das coisas pelas quais havíamos passado naqueles lugares antes. Eu conseguia imaginá-la sentada com Maria na mesa da cozinha, bebendo vinho e jogando baralho. *Mas eu não tinha medo do espírito delas.*

Crianças têm medo de fantasmas e eu não. Nem na hora de me deitar.

Deitar, sim, mas não dormir. A velha rotina, a velha paralisia da ordem. A mesma agonia de volta, aquela da qual eu não conseguia me livrar. A mesma batalha da vigília persistente com o sono, aquela que eu não conseguia vencer. As semanas que passaram sem o monstro da noite pareciam nunca ter acontecido. Eu lembrava daquela sensação como se nunca tivesse saído de dentro de mim. A insônia me mostrava que eu não estava mais feliz, a felicidade era uma ameaça a ela. Era a única arma mais forte, e a insônia sabia que ela raramente se encontrava presente.

Eu estava perdendo mais uma vez, e me permitia chorar no escuro. Deixava que as lágrimas escorressem para os meus lábios e sentia o gosto. O isolamento era minha opção, o restante era somente um teste da minha perseverança.

No domingo de manhã, Lukas bateu na porta. Eu estava de pé desde as três da manhã, assistindo a um programa vulgar de barraco familiar na televisão, sem nem prestar atenção. Os comerciais sempre me tiravam do sério, me tiravam do meu centro. Eu não precisava de nada daquilo, mas me sentia insatisfeita. Estava irritada e pensava sem parar. Apertei o botão e a tela sumiu. Era só eu novamente, até que Lukas me interrompeu.

Ele trouxe uma linda cesta de café da manhã para mim. No início não dava para ver o que havia dentro dela, pois havia um plástico em volta e um laço de fitas. Ele parecia nervoso, mas estampava um sorriso no rosto. Um sorriso que com certeza esperava outro de volta.

Tudo bem, eu amoleci. Apesar de estar indiferente, tinha que dar a ele créditos pela preocupação. Beijei sua boca. Um estalinho por enquanto era tudo que eu podia fazer.

— Como você está? — Nos sentamos à mesa da cozinha e ele segurou minha mão. Queria soltá-la, mas não o fiz. A cesta de café ficou sentada na mesa também. Não a abri.

— Não tenho certeza.

— Clara, meu amor, eu sei que o que aconteceu foi terrível, e eu nem consigo imaginar como deve estar sendo difícil pra você... Mas eu preciso que você reaja. Preciso que faça isso por nós dois, pelo nosso amor. Está sendo muito difícil pra mim, devo admitir...

Continuei em silêncio e depois falei:

— Posso abrir a cesta?

— Óbvio! Eu trouxe pra você. Sei que quando você está sozinha só come sanduíche e toma café. Você precisa se alimentar, estou ficando preocupado.

Havia alguns pães franceses, queijo, presunto, salame, manteiga, geleia de uva, requeijão, um bolinho de chocolate, um bolinho de baunilha, um *brownie*, um iogurte de morango, um achocolatado, um suco de abacaxi, biscoito integral, duas facas e dois pratos de plástico.

— Obrigada — respondi pouco empolgada. Na verdade eu não sentia fome alguma e aquela comida toda só serviu para me deixar enojada.

— Não ganho um beijo?

Levantei e dei-lhe um beijo na boca. Um beijo de língua dessa vez. Não que eu quisesse, eu só estava retribuindo por obrigação. Nem sabia onde tinha ido parar toda a excitação que eu sentia ao olhar dentro dos olhos dele, e ao ver sua boca se mover. Em algum lugar do buraco negro, talvez.

— Eu vim aqui pra te fazer uma proposta muito importante — ele continuou.

Que ele não queira casar comigo, pelo amor de Deus.

— Fala...

— Eu acho que não vai te fazer bem ficar aqui dentro, amor. Acho que esse apartamento vai acabar te deixando pesada e pra baixo. — Levantei as sobrancelhas. — E sim, eu sei que você *já* está se sentindo assim. Não precisa me olhar dessa forma.

— Pois é — respondi.
— Então. Acho que você podia vir morar comigo definitivamente. Sabe, Clara, começar sua vida de novo. A gente podia vender esse apartamento, assim você teria dinheiro pra fazer o que quisesse com o seu tempo livre. Não precisaria trabalhar, já que você não quer. Sei que preciso respeitar as suas escolhas e estou disposto a te ajudar. — Houve uma pausa enorme de silêncio e surpresa. — Eu te amo de verdade e pretendo passar minha vida inteira ao seu lado. Nos momentos bons *e* nos momentos ruins. Agora é você quem precisa decidir o que quer. Eu sei que você também me ama e que está passando por um momento particularmente difícil, mas precisa tomar essa decisão. Você pode fazer isso?
— E se eu disser que não estou preparada pra ir?
Ele respirou fundo. Eu fiz o mesmo.
— Honestamente? Estou meio cansado da minha vida. A floricultura era só alegria quando você entrou, mas agora tudo ficou sem graça. Até a dona Helga parece estar mais mortinha. — Ele respirou de novo. — Meu amigo que morava comigo se mudou para Ligianos há alguns meses... Ligianos é uma cidade que fica a três horas e meia daqui.
— Eu conheço Ligianos... — respondi.
— Então, Clara... Eu não gosto de morar sozinho, não me sinto bem com tanto espaço vazio. Fico triste. E esse meu amigo, o Beto, me chamou pra morar com ele, e trabalhar no bar da namorada. Eu ganharia bem melhor do que na floricultura, e teria mais contato com as pessoas. Sabe... Não tenho mais tanto dinheiro quanto tinha quando comprei meu apartamento. A herança dos meus pais está acabando. A gente se acomoda, passa a achar que o dinheiro não vai acabar, mas aí acaba.

Um dia simplesmente não existe mais. A gente vai ver, e evaporou. E, ainda por cima, o banco levou quase tudo.

Antes que ele pudesse continuar, eu o interrompi. Levantei arrastando as pernas da cadeira de madeira no chão de azulejo branco, e pedi que ele ficasse calado por um minuto. Fui até meu quarto e fechei a porta. Ele veio em seguida e começou a bater. Devagar, depois mais forte.

— Clara, sai daí, por favor!

— Um minuto! — respondi. Uma lágrima furtiva havia pulado dos meus olhos e eu tinha que fazê-la parar.

A ficha caiu de maneira dolorosa e repentina. A única pessoa que eu tinha no mundo era Lukas. A única. A única pessoa que eu tinha no mundo inteiro. No enorme, gigantesco, mundo inteiro.

Destranquei a porta e fui até a cozinha novamente. Eu havia esquecido que a decisão de "pegar ou largar" podia facilmente não ser minha. Eu havia esquecido que ele poderia ficar insatisfeito a ponto de querer devolver o produto. Havia esquecido rapidamente, enquanto estava enrolada nos braços da excitação, o quanto doía ser abandonada.

— Eu estou confusa, cacete! — gritei escondendo o rosto com as mãos.

— Você me ama mesmo, Clara?

Se eu disser que não ele vai embora, e ele é a única pessoa que eu tenho no mundo. No enorme, gigantesco, mundo inteiro.

— Amo.

A *performance* havia roubado o lugar da excitação.

— Então, amor! Eu sei que você tem medo de mudanças, e é normal ter medo. Qualquer mudança que nos força a deixar pra trás parte de nós mesmos é dolorosa... Mas você precisa tomar uma decisão. Pro nosso bem.

Para o *seu* bem, para o *seu* bem. O *meu* bem está distante. Se você me amasse de verdade, não me colocaria nessa situação.

O que eu podia fazer? Estava numa enrascada. O relacionamento que parecia ser um remédio havia se tornado uma dor de cabeça. Se dissesse que sim, teria que vender meu apartamento, e ainda arriscaria ter que conviver com o terrível arrependimento. Vender o apartamento significaria me livrar de todas as memórias que ele guardava. Todas as preciosas memórias. E não só as memórias, mas também os cheiros. Os diferentes cheiros que rodeavam os cantos e traziam para fora minhas emoções quando eu estava sozinha. As gavetas que guardavam os perfumes do tempo, a naftalina das lembranças. Quem vive de passado é museu, dizem, e era exatamente isso que aquele apartamento era. Por outro lado, se dissesse que não, ficaria sozinha no mundo. Ele era a única pessoa que eu tinha, e não há nada pior do que não ter ninguém.

Nada.

Pedi um tempo para pensar e pude ver seu olhar decepcionado. Não havia nada de errado com ele, o problema era meu. Ele foi embora e deixou a cesta intacta em cima da mesa. Eu estragava tudo sempre. Nem sequer toquei na comida.

Não há nada pior do que não ter ninguém, mas também não há nada pior do que ficar com alguém para enganar o medo de ficar sozinha.

Será que esse também era o motivo de Lukas? "Eu não gosto de morar sozinho, não me sinto bem com tanto espaço vazio", ele havia dito.

Sentei no chão do chuveiro, abraçando meus joelhos, e deixei que a água quente queimasse minha pele. Eu queria que doesse, que ficasse vermelha e coçasse.

Tentava me lembrar do momento em que me tornara um ponteiro de relógio. Um ponteiro que só ficava parado ou ia para trás, um ponteiro perdido no tempo. Um ponteiro desligado de sua obrigação, um ponteiro errado.

Quando conheci Julian, ainda estava na faculdade. Tinha um sonho, um futuro cheio de promessas e possibilidades. Todos apostavam em mim, achavam que eu seria capaz de fazer contribuições grandiosas para o mundo do direito. Achavam que eu estava pronta para ser lançada em um foguete. Eu era dedicada, esforçada, teimosa e participativa. Julian era o meu equivalente, a fé masculina. Todos acreditavam nele também.

Ele arrancava suspiros de todas na Universidade Campos, nem as professoras conseguiam resistir. Era elegante de uma maneira diferente; nunca parecia que havia tirado algum tempo do dia para se arrumar. Nem mesmo quando usava seus ternos de marca ou quando deixava seu cabelo molhado e o colocava para o lado.

Eu o admirava também, não tinha como negar sua beleza. Todavia, estava na faculdade para estudar, e não para me apaixonar. Não podia me distrair. Já estava no terceiro ano e tinha ótimas propostas de trabalho. Eu só pensava nisso. Não pensava em garotos, como as meninas da minha idade. Eu tinha 20 anos, ele tinha 22.

Ele vinha de uma família rica, milionária. Seu pai era dono de uma grande empresa de segurança. Todos sabiam e muitos tentavam se aproximar dele por esse motivo. Descaradamente, às vezes. Os olhos das meninas brilhavam, e eu parecia conseguir enxergar dentro deles a ganância que carregavam. Elas ansiavam por um fim de semana em sua casa de praia em Rio Preto. Almejavam os passeios de lancha e de jet-ski, e os banquetes refinados, equipados com as melhores bebidas.

Quando grandes bandas vinham tocar, todos sabiam que seu pai estaria envolvido no sistema de segurança, e todos se faziam de amigos com a intenção de conhecer a celebridade da vez. Mas Julian era esperto. Mantinha uma postura amigável, embora nunca amigável demais. Escolhia bem seus convidados e seus relacionamentos. A maioria das meninas gananciosas acabava indo parar em algum motel e pronto. Nada de luxo para quem quer ser lixo.

Eu era diferente naquela época. Outra pessoa, arrisco dizer. Minha melhor amiga se chamava Camille. Ela era de uma cidade do interior de somente 15 mil habitantes, chamada Bangônia, e tinha vindo para São Aurélio com suas economias suadas para estudar e se especializar em direito ambiental. Camille não era como ninguém que eu conhecia, ninguém que eu havia conhecido antes. Ela não ligava para dinheiro, carros, joias e aparências. Na verdade parecia ter ficado presa nos anos 1970, sem nunca ter conseguido sair, mesmo que nunca tivesse passado por lá. Ela era como eu imaginava as pessoas daquela época e isso me fazia viajar e viajar. Viajar para um mundo que eu não conhecia, para um lugar onde eu poderia começar do zero. Um lugar onde houvesse revolução. Mesmo que naquela época tudo estivesse caminhando perfeitamente para mim – o que me fazia sentir uma enorme pressão.

O cabelo de Camille era bem curtinho e loiro. Seu corpo era magricelo e ela não tinha muito peito ou bumbum. Parecia a modelo Twiggy, mas usava longas saias *tie-dyes* e frente-únicas. Lia livros como *Pé na estrada*, de Jack Kerouac, e ouvia Jimi Hendrix. Seus olhos cor de mel ficavam enormes quando dizia: "Vamos mudar o mundo!", com um tom de esperança tão sincero que contaminava o ar de poesia. Era o novo milênio e o mundo não havia acabado, como diziam as previsões. O mundo só estava começando, parecia.

De repente percebi que estava no banho havia tempo demais. A água já estava fria e meus dedos, enrugados. Não tinha nem lavado o cabelo com xampu e condicionador. Levantei assim mesmo, desliguei a água e me sequei. Amarrei o cabelo em um coque, sabendo que apodreceria em nós.

É engraçada a maneira inocente com que glorificamos nossos sonhos, pensei. Achamos que quando os realizarmos, nos tornaremos felizes e satisfeitos. A verdade é que, com sonho realizado ou não, continuamos sendo as mesmas pessoas. É tudo tão insignificante em comparação ao universo e suas brincadeiras!

Aquela lembrança sorridente de um tempo tão distante, tão incrivelmente distante, me deu uma ideia. Coloquei uma roupa qualquer e comecei a vasculhar as gavetas e armários. Procurava pelo meu velho caderninho de telefones, mas não conseguia encontrá-lo. Era uma ideia perfeita, pensava. Procurava pelo meu velho caderninho de telefones por todos os cantos, em todas as gavetas e armários, mas não conseguia encontrá-lo. Eu tinha organizado o apartamento havia pouco tempo, tinha que saber onde encontrar meu velho caderninho preto de telefones. Droga!

Sentei na cama e pensei. Como faria para encontrá-la? Como faria para rastreá-la depois de tantos anos? O telefone com certeza não seria o mesmo. O sentimento machucava, percorria o corpo inteiro. O sentimento invasor de querer voltar atrás. Voltar atrás e fazer tudo diferente. Voltar atrás para certo ponto no ponteiro e fazer tudo, tudo, tudo diferente.

Fechei os olhos com força.

O tempo nunca iria voltar, a situação era irreversível. Gotas pingavam dos meus cabelos encharcados. Na toalha, na cama, no meu corpo, e no chão. Gotas de água pingavam. Gotas grossas de tempo.

Eu fiz o esperado e deixei meu corpo se acostumar com mais fúria. Fiz o esperado com um sorriso amarelo no rosto e um fulgor nos olhos que não era de felicidade. Eram lágrimas raivosas que queriam pular e inundar tudo. Enquanto colocávamos as caixas marrons de papelão dentro do caminhão emprestado da floricultura, eu sentia vontade de explodir. Explodir, pois odiava tudo. Odiava Lukas, odiava a mudança, odiava as caixas, as coisas dentro delas, meu apartamento, as memórias, o passado, o presente, o futuro, as escolhas, o céu nublado, a floricultura, o tempo irreversível, a insônia, a vida, a Morte, o vazio, o buraco negro, eu. E, no entanto, não odiava tudo tanto assim.

Vender o apartamento havia sido fácil, relativamente fácil. Eu podia ter ganhado mais dinheiro, mas não quis me incomodar. Em uma semana já havia um comprador que nos encontrara pelo anúncio que Lukas tinha colocado nos jornais. Do lado de fora era fácil, dentro de mim era ardente. O homem musculoso, que concordou com o preço e adorou a locação, se mudaria na semana seguinte com a namorada. Coitado dele... Mal sabia que aquela felicidade que ele sentia enquanto transitava do centro da grande cidade para o subúrbio não iria durar. Em breve um dos dois estaria indo embora cheio de caixas de papelão.

Quando sentei no banco de passageiro do caminhão, tive uma surpresa. Havia aberto o vidro e só ouvia os barulhos dos poucos carros na minha pacífica rua. Então ouvi um miado dengoso, baixinho. Tão baixinho que parecia imaginação. Olhei pela janela e não enxerguei gato algum. Mais uma vez ouvi o miado e fiquei obcecada, tentando identificar de onde vinha. Lukas ainda estava do lado de fora terminando de carregar minhas coisas para o caminhão. De repente arregalei os olhos, dessa vez com brilho de verdade. Havia um filhotinho escondido no banco de trás, atrás de uma antiga maleta que eu trazia comigo, cheia de cartas de Maria. Cartas que trocávamos na época em que fui fazer, com 19 anos, um estágio em outra cidade. O gatinho era preto, todo preto, bem pequenininho, e tinha olhos verdes enormes. Olhei dentro deles e houve uma conexão, uma faísca diferente. Era como se eu já o conhecesse. Coloquei o bichinho no meu colo e o acariciei. Ele continuou miando, pedindo para ser adotado. Como eu poderia negar? Eu sabia de onde ele tinha vindo, tinha certeza absoluta. Era o único sobrevivente do incêndio na casa de Lurdez e provavelmente havia nascido pouco antes da tragédia. Seu nome vai ser Escuro, pensei, para ser o completo oposto de mim. Eu, que era tão escura, me chamava Clara, e ele, que havia trazido luz para os meus olhos sem mais nem menos, se chamaria Escuro. Fazia sentido.

    Quando Lukas se sentou no banco da frente, mostrei a novidade. Mesmo um pouco relutante, ele aceitou adotar o filhotinho. Um senhor surgiu do pequeno bosque e veio mancando até a janela do caminhão.

— Boa tarde!

— Boa tarde — respondi.

— Que bom que a criaturinha encontrou alguém. Ele estava perdido por essa área faz alguns dias. Como eu tenho dois buldogues em casa, não tinha como levar...

— Ah sim, ele vai ficar bem agora — falei ainda o acariciando.

— Um gato que escolhe o dono não pode ser abandonado.

— Pois é — Lukas respondeu com o carro já ligado, a mão na marcha e o pé quase pisando no acelerador.

— Espero que seja uma boa surpresa.

— Oi? — perguntei.

— Ah, deixa pra lá. Tenham uma boa tarde.

Lukas acelerou.

— Cara esquisito esse — ele disse.

Fiquei com os olhos pregados no vidro de trás. Adeus, meu coração dizia, e eu não queria dizer adeus. Adeus, meu coração doía. Meu coração, meu coração! Adeus, Maria, adeus, Lurdez, adeus, memórias vivas. Adeus, anos da minha vidinha, minha patética vidinha. Meu coração, meu coração, meu coração! Escuro lambeu meus dedos e virei para a frente. Lukas dirigia em silêncio. O silêncio era mais alto do que qualquer barulho, e gritava sem resposta. Para ele, era tudo muito simples.

Meu corpo foi se acostumando com a fúria. Durante o caminho, ela mudava de direção. Eu olhava pelo retrovisor e sabia que a fúria era direcionada somente a mim. Sentia vontade de abrir a porta de maneira dramática. Queria pular do carro e voltar atrás. Correr até perder o fôlego. Mas eu continuava imóvel.

O que eu estava fazendo, meu Deus?

Eu odiava tudo tanto e, no entanto, a fúria era direcionada somente a mim. Ela batia no retrovisor e voltava para o meu peito. Não machucava Lukas, a mudança, as caixas, as coisas dentro delas, meu apartamento, as memórias, o passado, o presente, o futuro, as escolhas, o céu nublado, a floricultura, o tempo irreversível, a insônia, a vida, a Morte, o vazio, o bu-

raco negro. A condição de fúria machucava mais a mim do que qualquer coisa que a causara. Soterrava-me no mesmo lugar enquanto a vida seguia em frente.
— Você está bem, amor?
A pergunta era ridícula.
— Não.
— Por que não?

A noite chegou. Ele estava sonhando como um neném. Nós não transávamos havia algumas semanas e, apesar de não querer, eu já estava estranhando sua falta de iniciativa. Era melhor assim, de qualquer forma. Fui até a sala, onde todas as minhas caixas ainda estavam intactas, e comecei a abri-las. Ele estava sonhando como um neném, e eu puxava as fitas adesivas com força, fazendo barulho. Queria arrumar tudo naquele minuto, mas ainda não sabia direito onde colocaria minhas coisas. Olhei para um dos pufes no chão e vi minha velha maleta. Coloquei-a no colo. Escuro veio correndo por debaixo da mesa, onde eu havia deixado um prato de sopa com leite para ele, e se acomodou do meu lado. Tentava puxar a linha que pendia da bainha da minha camisola.

Fui pegando as cartas de Maria com certo brilho nos olhos, como se estivesse garimpando. Entrei na porta que flutuava no ar.

Ela estava deitada na cama, e seus olhos já estavam moribundos. Debaixo deles havia enormes bolsas pretas, e os lábios estavam roxos. Seu cabelo estava ralo e seu corpo, magro demais. Ela já não era a mesma pessoa. Recusava-se a voltar para o hospital para continuar a quimioterapia. Recusava-se a passar suas últimas horas em um ambiente gelado e solitário. Preferia esperar em casa, ao meu lado, ao lado de Lurdez e do sr. Arnaldo da padaria, que sempre vinha trazer picolés de diversos sabores.

Eu disse para ela que não conseguiria encontrar uma razão quando ela se fosse. Disse que queria ir junto. Ela respondeu, com uma voz baixa e fraca, que eu nunca encontraria algo se ficasse procurando. Disse que o tempo tinha velocidade própria. Disse que depois, tudo ficaria bem.

Pausei.

O truque é encontrar uma maneira de dividir as coisas boas das coisas ruins, lembrei. Colocá-las em diferentes gavetas. O truque é deixar as coisas ruins trancadas a sete chaves.

Nessa privação eu me recolhia, mas não me ordenava.

Por um segundo, fechei a maleta, mas me impedi de embaralhar o código, como meus dedos queriam fazer. Depois, em um impulso, abri mais uma vez. Meus olhos ficaram arregalados de novo e, pela segunda vez naquele dia, tive uma surpresa inacreditável.

Estava ali, na minha frente: o endereço de Camille. Não conseguia acreditar, eu nem estava procurando. Sorria enquanto minhas mãos tremiam de felicidade. Escuro lambeu os dedos do meu pé desta vez.

Avenida Barão de Baldwin, casa número 13. Olhei para a data. Dia 21 de dezembro de 2003. Fazia três anos. O endereço era de Bangônia, para onde ela voltou depois de ter terminado a faculdade. Seu pai estava doente e seu irmão estava prestes a se casar. Ela havia dito naquela carta que depois do casamento, queria passar um tempo se aventurando de ônibus pelo país. Aquela foi a última vez que nos escrevemos. Eu enviei resposta, mas a dela nunca chegou. Achei que ela realmente tivesse partido sem se importar em dizer adeus. Não achava de forma alguma, depois de me lembrar disso, que ela estaria lá ainda. Precisava, no entanto, tentar. Precisava tentar rastreá-la depois de tantos anos. Precisava estabelecer uma ligação com outra pessoa nessa vida. Com uma pessoa que eu amava, pois com certeza eu a amava. Tão pequenininha e tão grande.

Encontrei um caderno de Lukas e rasguei uma folha. Peguei uma de suas canetas também. Sentei à mesa e comecei a pensar. O que poderia dizer? Como iria me aproximar sendo uma pessoa completamente diferente da que ela uma vez conhecera? De qualquer forma, eu escrevi. Disse que sabia que haviam se passado anos, mas que sentia saudades. Disse que estava louca para saber como estava sua vida. Provavelmente invejável, cheia de êxtase e liberdade. Disse que queria saber se ela havia realizado os planos que tinha naquela época. Disse que ainda morava em São Aurélio, e que não havia seguido uma carreira na área do direito, ou mantido contato com o pessoal da faculdade. Disse que minha mãe havia morrido, e que isso havia me mudado muito, me tirado o gás. Disse que agora eu morava com meu novo namorado, que conheci enquanto trabalhava numa floricultura, por mais insólito que isso pudesse soar. Disse que esperava do fundo do meu coração que ela enviasse uma resposta. Disse que viajaria para encontrá-la se ela me dissesse onde estava, onde quer que fosse. Disse que agora estava com um bom dinheiro, pois havia vendido o apartamento onde morava. Disse que ainda me pegava constantemente pensando na vida que tínhamos, na amizade sincera que havíamos construído quando éramos jovens e sonhadoras. Disse que a amava, mesmo depois de todos aqueles anos, e que estava esperando, ansiosamente, como um cão de guarda, por uma carta. Não daria de jeito nenhum o telefone da casa de Lukas.

É que eu não tinha computador. Até na faculdade eu usava a velha máquina de escrever de Maria para fazer trabalhos. Por esse motivo eu nem me importei quando surgiu o tal boato do "bug do milênio". Para mim era uma época só de possibilidades e promessas.

Guardei a carta dentro da maleta para que Lukas não a encontrasse, e fui checar a hora em um relógio na cozinha. Sempre me sentia cansada quando procurava pelas horas. Era como se aquilo não fosse natural. Eram duas da manhã e meus olhos gritavam por sono. Gritavam por sono e por bons sonhos como antes. Gritavam e doíam, mas eu não iria conseguir dormir. Não agora que havia encontrado o que tanto queria. Não agora que sabia que, quando acordasse, iria ao correio na tentativa de reatar os laços do passado. Eu precisaria esperar de olhos praticamente vendados por uma resposta que eu nem sabia se viria.

Fui até a cafeteira – precisava de combustível, afinal. Precisava daquilo que me preenchia temporariamente e me fazia esquecer que eu não era normal. Mesmo assim meus olhos ardiam, gritavam e doíam. Mesmo com grandes goles de café descendo pela minha garganta. Minha cabeça parecia querer explodir enquanto o sono implorava para atravessar as barreiras emocionais do meu corpo e chegar aos meus olhos. Enquanto as memórias iam surgindo novamente, rápido demais para serem compreendidas, minha testa parecia estar sendo rasgada por dentro. Parecia que, de repente, grandes chifres saltariam da minha pele. Eu conseguia senti-los querendo chegar à superfície, queimando minha cabeça. Estava ficando maluca e doente. Precisava ir ao médico.

Queria ver televisão, mas Lukas dormia como um neném babão. Queria ficar sozinha com a tv, sozinha comigo mesma, achando mais algum motivo para reclamar. Eu já podia ver, desde o início, que teria problemas com o meu espaço. No primeiro dia morando com ele, já enxergava as dificuldades claramente. Pelo menos Escuro me fazia companhia.

Eu sabia que devia dar uma chance à situação, uma chance para me adaptar. Mas eu não tinha ânimo para procurar este novo caminho. De uma hora para outra, fiquei obcecada pela ideia de tentar escapar de Lukas. No começo, lembrei, ele me encorajava a ser um indivíduo. Mas tudo havia mudado. Ele tinha me dado duas opções, e eu tinha escolhido a menos pior, consumida pelo medo de ficar só. Ali estava a minha resposta, escarrada debaixo do meu próprio nariz. Eu havia virado uma refém. Uma refém das circunstâncias que se refugiava discretamente debaixo dessa mesma conclusão.

A chave estava na porta. Não na porta fictícia dos meus pensamentos, mas na porta de madeira. A chave era real, e, se eu a girasse, poderia sair. O problema é que, da porta, não havia para onde ir.

CAPÍTULO 7
A VIÚVA DE BRANCO

Ele estava trabalhando e eu estava arrumando a casa, ainda que meu corpo inteiro estivesse exausto. Estava mais magra do que nunca, parecia o cabo da vassoura que segurava. Fazia tudo de maneira acelerada, acompanhava a velocidade feroz dos meus pensamentos de frustração. Havia esperado por mais de um mês pela resposta de Camille e não a havia recebido. Devo ter dormido dez horas no máximo durante aquele mês. Como aguentava? Às vezes até tinha alucinações. Um dia jurei ter visto Escuro em cima de mim, enquanto dormia, mas ele não estava lá. Mesmo assim acordei com uma dor no peito, na pele, como se tivesse sido arranhada. Não havia marca alguma.

Aqueles trinta dias haviam sido silenciosos e anelantes. O relógio não parava, mas se movia lentamente, apesar de se agitar com as arcadas das badaladas. Eu continuava presente na ausência.

Lukas agora trabalhava à noite, em um restaurante. Ele precisava mudar sua rotina sempre, nunca conseguia ficar muito tempo em um único emprego. Agora ele chegava em casa de madrugada, me encontrava acordada, agia como se fosse normal, e dizia que estava exausto. Dormia profundamente até o final da tarde, com os braços e as pernas esticados na cama de casal. Pouco depois, saía para trabalhar de novo. Nós havíamos virado dois estranhos, morando sob o mesmo teto. Eu pensava constantemente em como havia errado ao me entregar àquela invasão íntima que rapidamente sucedera em delimitar a essência do meu ser.

Eu havia finalmente encontrado um lugarzinho para cada uma das minhas queridas coisas. Ainda havia alguns objetos dele na gaveta que ele tinha me cedido no quarto, então os tirei de lá e os coloquei em cima da cama. Iria colocá-los na gaveta de baixo, com o resto de seja lá o que fosse de papéis que ele tinha. Escuro pulou na cama e me deu um susto. Deixei alguns papéis caírem no chão e, quando me virei, percebi que ele estava brincando de cravar as unhas afiadas em um dos papéis. Peguei ele no colo e o coloquei no chão. Ele soltou um miado arisco e saiu correndo para o banheiro. Em seguida, dei uma espiada para dentro do envelope e percebi que era uma carta. Minha curiosidade falou mais alto. Queria saber com quem ele se comunicava.

Ingenuamente abri o envelope que estava em branco e reconheci, por um rápido segundo, um cheiro familiar. Sentei na cama e comecei a ler.

Minha vida inteira teria sido diferente se eu não tivesse feito aquilo. Aquele momento é intenso nas minhas lembranças. Está guardado na caixa com os outros que aceleraram freneticamente o batimento do meu coração.

A carta era para mim. A carta escondida dentro de um envelope em branco na gaveta de Lukas. Lágrimas quentes desceram dos meus olhos quando percebi que Camille havia me respondido. Na verdade já fazia três semanas que ela havia me enviado uma resposta. A carta devia ter chegado por Sedex.

Bangônia, 5 de agosto de 2006

Amada Clara,

    Nem sei por onde começar! Nem sei como te explicar o tamanho da felicidade que senti ao receber notícias suas. Nossa! Quanto tempo! E na verdade, se pensarmos bem, nem faz tanto tempo assim. Três anos! Três anos que parecem ter voado e ao mesmo tempo parecem ter se arrastado. Acho que é porque percebi o quanto sentia sua falta e o quanto você também é importante pra mim até hoje.

    Diferente do que você deve imaginar, vivo relembrando os tempos em que estávamos na faculdade. Eu também era uma pessoa muito diferente. Lembro de quanta vida eu tinha dentro de mim! Nossa! Perco o ar só de pensar. As coisas mudaram demais...

    Meu pai também morreu pouco depois de termos nos formado. Aliás, eu nem acredito que fiz algo decente nessa minha vida ridícula, como terminar uma faculdade. Parece que a vida tirou de nós duas as pessoas que mais amávamos. Acredite, sei como dói. Até hoje não me acostumei com a falta que ele faz por aqui. Moro na mesma casinha, não segui minha carreira, e cuido dos dois filhos gêmeos do meu irmão. A mulher dele o abandonou e ele enlouqueceu. Enlouqueceu de verdade. Depois de meses tentando encontrá-la, ele simplesmente acordou mudo. Não quis nem mais saber dos nenéns. Agora ele mora no Lar Castelo Branco, onde recebe os cuidados de que precisa. Todo o dinheiro que sobra, uso pra isso. Fico puta. É uma história muito triste, eu sofri muito. Você deve imaginar o quanto minha vida mudou por causa disso. Na verdade, ela está um lixo. Você nem acreditaria...

    É verdade que não imaginei receber uma carta sua. Peço desculpas por nunca mais ter respondido. Minha vida foi virando uma loucura. Achei que se algum dia te visse novamente, você estaria dentro de um superterno de grife, carregando uma maleta preta na mão, com um ar de bem-sucedida. Admito que não quis escrever por me sentir tão infeliz e inferior. Agora vejo que a vida foi escrota com nós duas, e que estamos no mesmo barco. Não estou feliz com isso, claro, ainda gostaria de te ver vencer, mas me sinto mais confortável para falar com você agora.

De certa forma, me sinto triste por ter que receber notícias suas com um tom tão desesperado. Você disse que está praticamente casada e há pouco tempo. Mesmo assim já está infeliz? Acho que você nunca superou o trauma do Julian, não é? Tenho certeza de que eu não teria superado. Julian era demais! Foi mesmo horrível o dia do seu quase-casamento. Que cena dolorosa aquela! Te ver naquele lindíssimo vestido de noiva, parecendo uma princesa, abandonada no altar. Nós enchemos a cara naquela noite, você lembra? Prometemos nunca mais abrir o coração pra homem algum. Talvez devêssemos ter feito isso. Sei que eu teria sido bem mais feliz se não tivesse quebrado a cara com tantos homens nesses últimos anos. Aposto que você também! Agora decidi de verdade, eu espero, que não vou mesmo abrir meu coração nunca mais. Infelizmente, porém, continuo abrindo as pernas. Mas deixa pra lá, isso não importa.

Acho que se você está infeliz, deve mudar. Não acredito em ficar presa a algo só por causa de medo. Uma coisa é ter escolhas, outra é ser obrigada a viver a vida que lhe foi dada. Seja forte! Se eu tivesse escolhas, me mandaria daqui agora. Iria para bem longe e passaria o resto da vida na estrada, me entupindo de vinho, drogas e cigarro, sem fixar raízes em lugar algum. Eu viveria como uma mulher fora da lei. E pensar que fiz direito! Que piada! Ha ha ha!

Quero muito que você venha me visitar, mas me avise. Afinal, não estamos tão longe assim! Venha, pois quero te dar um abraço bem apertado e desperdiçar garrafas de vinho com você, lembrando do brilho do passado.

Da sua amiga que te ama muito,
Camille.

Eu não parava mais de chorar. Sentia-me feliz e triste ao mesmo tempo. Angustiada e energizada. Queria encontrá-la novamente, mas percebia o quanto ela havia mudado. Seu otimismo havia cruelmente se transformado em pessimismo e egoísmo. Seu alto astral havia se transformado em mal-estar, e ela não fazia questão alguma de mantê-lo só para si mesma. Camille havia deixado o momento falar, sem se preocupar em calar o ontem e o amanhã, se tornando o contrário do que eu acreditava que uma amiga deveria ser. A maneira com que ela cutucara minha ferida me chocou, e eu estava sangrando novamente ao lembrar daquela cena tão horrível, tão debilitante.

A maquiagem borrada, o rímel escorrendo. Minhas lágrimas expostas para centenas de pessoas que lançavam olhares de pena e condolência. Os convidados estarrecidos, o véu em que pisei enquanto corria para fora da igreja em lamento, e os milhares de doces e comidas enviados a uma instituição. Foi quando a luz se apagou. Eu corria e corria, com meus cabelos soltos adornados por uma bela tiara, inundando o longo corredor da minha mais lúcida vergonha. No dia em que eu devia ter vivido feliz para sempre, fui viúva. Antes mesmo de casada. Desiludida antes mesmo do porvir. A maior festa que tive em minha homenagem, foi também o meu enterro. Continuava viva, depois de enterrada, e usei uma tesoura pontuda para estraçalhar meu vestido de rendas francesas – um presente da avó de Julian.

Mesmo abalada com a carta de minha velha amiga que morava agora em seu próprio minguamento, eu só pensava na traição de Lukas. Como ele podia ter feito aquilo comigo? Como podia ter tido a coragem de esconder o único laço que eu havia conseguido com meu passado feliz? E se quisesse mesmo anular aquilo da minha visão, por que é que não havia encontrado um esconderijo melhor? Várias perguntas passeavam pela minha cabeça, enquanto memórias corriam desvairadas. Agora eu tinha certeza de que ele sabia sobre minha infelicidade.

Eu tinha um plano.

Abri novamente a gaveta onde havia encontrado a carta e investiguei o restante dos papéis. Encontrei um caderno de telefones e comecei a arrancar as páginas, uma por uma. Rasgava as páginas e sentia raiva, ainda estava chorando. Joguei-as no lixo do quarto e as amassei.

Quando Lukas chegou em casa e dormiu, andei pelo quarto na ponta dos pés e comecei a recolher minhas coisas. Primeiro do armário, depois das gavetas. Coloquei tudo dentro de uma mala, e deixei na sala. Do lado da mala, minha caixa de fotos e a maleta preta de cartas. Ele sequer se mexeu na cama. Quando tirei minha escova de dente do lugar onde ficava ao lado da dele, senti um calafrio. Pela primeira vez na vida estava realmente respirando coragem. Pela primeira vez estava caminhando dentro dos sapatos de todas as pessoas que haviam me feito mal. Até que era prazeroso.

No dia seguinte pude ouvir Lukas tirando as gavetas do lugar e mexendo na lata de lixo. No mesmo instante peguei a mala, a maleta de cartas e a caixa preta, e as posicionei na frente da porta. Os ruídos continuavam no quarto. Fui até lá e fiquei olhando para ele.

— Por que você fez isso? — ele me perguntou com um olhar de incompreensão profunda. Seus olhos procuravam por uma resposta, mas se perdiam no vazio gelado dos meus.

— Tenho certeza de que você não olhou a gaveta direito. Tem outra coisa faltando — respondi calmamente.

— Qual é o teu problema, Clara? O que é que está passando pela sua cabeça? Você está agindo como uma maluca! Perdeu completamente o juízo! — Percebi que ele não fazia a mínima ideia do que eu estava falando.

— Por que você escondeu a carta de mim?

Ele abaixou a cabeça e a enterrou nas mãos. Esperei por uma resposta, mas ele continuou na mesma posição, sem se mexer.

— O que você espera que eu diga? Descubro que minha namorada, a quem ofereci um lar e dei amor e carinho, está fazendo coisas por trás das minhas costas! Falando com velhas amigas malucas sobre ex-namorados obviamente babacas e planejando viagens para outras cidades! Tudo sem o meu consentimento! — Tentei responder, mas ele me interrompeu. Foi a primeira vez que o vi levantar a voz daquela maneira. — Além disso, ela não fala mais! Fica perambulando pelos cantos, vagando pela noite, parecendo uma morta-viva, negando qualquer contanto físico comigo! Porra, Clara! Que merda! O que você espera que eu faça?

— Eu estou bem aqui, não precisa se referir a mim na terceira pessoa.

— Ah é? Será que está mesmo? Porque eu te vejo, mas não te sinto, não te escuto! Cadê você? — Ele chegou mais perto, colocou as mãos nos meus ombros e começou a me chacoalhar em um gesto desesperado, de aflição extrema.

— Você não tinha o direito de esconder essa carta. Você não sabe pelo que estou passando desde que Lurdez se foi — respondi, afastando-o do meu corpo.

— Lógico que não, você não se abre comigo!
— Você não se importa!
— Puta que pariu! — Ele deu uma longa pausa e respirou fundo. — Acho melhor a gente se separar por um tempo.
— Não se preocupa, já estou indo embora. — Ele lançou um olhar espantado. — Você nem ao menos percebeu que as minhas coisas não estão mais no quarto. Eu estou indo embora, Lukas.
— E pra onde você vai?
— Bangônia — respondi. Ele levantou e começou a dar voltas pelo quarto.
— Não... Clara... Senta aqui, vamos conversar, por favor.
— Não! Minhas malas estão prontas. Eu estou te deixando.

Andei até a sala determinadamente e peguei minhas coisas. Quando girei a chave, ele veio atrás de mim com lágrimas escorrendo pelo rosto. Por algum motivo, eu estava me sentindo bem com aquilo tudo. Foi uma forma que encontrei de virar o jogo, o jogo que Julian havia armado contra mim. Antes eu era a peça principal e o tabuleiro ainda aberto demonstrava minha derrota. Agora eu tinha bagunçado tudo.

— Você não pode me deixar! Por favor, Clara, por favor!
— Eu já fui embora, você que não percebeu.
— Pelo amor de Deus, eu estou te implorando. Não vai! Eu te amo!
— Eu não — disse friamente. Ele se jogou no chão e ficou de joelhos. Eu nunca havia visto um homem se comportar daquela maneira e não gostava nem um pouco da cena.
— Se você sair por essa porta, saiba que nunca mais vai poder voltar!

Caminhei pelo corredor meio desgrenhada, com um monte de coisas para carregar, e o ouvi chorando compulsivamente dentro do apartamento. Escuro me seguiu por livre e espontânea vontade. Miava e acompanhava o pranto de Lukas. Ele definitivamente tinha medo de ser abandonado, não gostava do espaço vazio. Ele era como eu, agora estava claro. Duas pessoas assim não podem ficar juntas.

    De onde havia surgido tanta coragem e frieza? Foi a traição. Por menor que tivesse sido, por mais compreensível... Era traição. Eu nunca mais toleraria aquilo. Meus olhos quase fechavam enquanto eu descia pelo elevador. Um passo de cada vez até chegar ao térreo. Eu não estava preocupada com ele. Ele iria para Ligianos. Trabalharia num bar e conheceria outras garotas, garotas normais. Afogaria seus problemas que não tinham nada a ver comigo dentro de copos e mais copos de bebida. Eu não o amava. Meu corpo doía, mas minha consciência estava em paz.

    Quem sabe no ônibus eu conseguiria dormir...

CAPÍTULO 8
É SÓ CARNE

Nem me lembrava mais da última vez em que eu havia viajado sozinha. Acho que eu tinha 19 anos e não me preocupava tanto com o destino quanto com a jornada. Dessa vez era diferente, eu só queria chegar. Desviava como a estrada, e atravessava também. Viajar foi uma maneira de interromper a rotina que eu estava vivendo com valentia. A exaltação era monstruosa. Daquele tipo que nos deixa pendurados de uma altura considerável por uma cordinha grácil. Balançando entre a excitação do que estamos fazendo e o impulso contestante de fugir. De qualquer forma, no movimento da estrada, eu conseguia respirar. Com os olhos grudados na janela que espelhava meu rosto abatido, mas pronto para absorver outra expressão. Um rosto que seguia a imagem das árvores ficando para trás na escuridão.

O futuro à frente me proporcionava um sentimento novo, porém instigante. Sentia-me orgulhosa com o presságio de algo indefinido.

Eram quatro horas e meia de viagem, e Escuro me acompanhava na meia obscuridade do ônibus. No caminho para a rodoviária, fiz o taxista parar em uma *pet-shop* e comprei uma pequena casinha com grades para que ele pudesse vir junto. Ele nem reclamou, parecia ser bastante sábio para um pequeno gatinho. Por algum motivo, permanecia fiel a mim. Ele representava o que ainda restava de Lurdez, e Lurdez representava o que ainda restava de Maria. Escuro era meu protetor.

Eu estava preocupada, porém. Não sabia qual seria a reação de Camille, mas estava certa de que seria agradável. No lugar dela, eu sorriria com a surpresa. Imaginava como era sua vida, sua casa, sua nova rotina cuidando de duas crianças que nem lhe haviam dado tempo para se preparar para a maternidade indesejada. Quem sabe eu poderia ajudá-la...

A estrada esvaiu. Meus olhos estavam emperrados na lembrança de um passado, no desejo de um futuro. Fiz o sinal da cruz e saí do ônibus com o coração na mão, com a boca seca, com os músculos tensos. Reparei atentamente na pacatez e na pobreza da cidade. Eu não fazia ideia. Camille havia me contado sobre a situação em que morava antes de entrar na faculdade, mas acho que eu nunca havia prestado atenção direito. Nunca fui rica, mas jamais passei necessidade. Sempre tive tudo de que precisava, mas também nunca exigi muito.

No caminho até o ponto de táxi, percebi o grande número de moradores daquela rua tão ampla – filhos bastardos que a mãe pátria largara. Pessoas que dormiam amontoadas em cima de papelões, pessoas que passavam frio, que estendiam as mãos inutilmente para passantes apressados e indiferentes à realidade do lugar. Eram pessoas com presença brutal e mesmo assim invisíveis, ignoradas propositalmente. Misturavam-se desordenadamente com o lixo, tinham revolta aparente e gritante no olhar que lançava fogo.

O caminho até a casa de Camille foi ligeiro. Percebi que ela morava perto daquela penúria e comecei a ficar amedrontada. O medo que eu sentia deixava minha percepção muito mais aguçada, então tudo aparecia com nitidez. Conforto não seria uma das qualidades que eu encontraria naquela viagem incoerente mas tão cheia de sentido. Ainda desajeitada, com tantas coisas na mão e nas costas, toquei a campainha afinadinha com certo receio e suplicação. A casa não tinha conservação alguma, estava caindo aos pedaços, parecia que não era pintada havia muitos anos, e havia rachaduras no telhado. Esperei apreensiva, mas rosto nenhum apareceu para abrir a porta. Já estava apavorada. E se ela não estivesse lá? O céu já estava negro e aquele lugar me trazia uma sensação ruim. O clima era pesado. O vento passava, despercebido, carregava as nuvens para passear. Voltei a tocar a campainha com obstinação.

— Tu tá procurando por qual delas, garota? — perguntou um homem esquisito, barrigudo, sem camisa, com uma cerveja na mão, que surgiu de repente na sacada da simplória casa ao lado.

— O quê?

— Ué, tu tá procurando por uma das meretrizes, não tá?

— Meretrizes? — perguntei assustada, com a respiração ofegante, largando as bagagens no chão. Escuro miava.

Ele veio em minha direção caminhando em passos lentos. Estava suado e o zíper de sua calça jeans apertada demais estava aberto. Fiquei incomodada. Ele ficou parado me observando, e seu olhar era injuriante. Seu sorriso era safado, imoral, e ele parecia estar bêbado. Eu conseguia sentir de longe um bafo forte e repugnante de cachaça.

— De repente tu veio no lugar errado. — Ele riu de maneira cínica. — Tá limpinha demais pra estar no endereço certo.

— Como assim? O que você está dizendo? — perguntei confusa e já retirando da bolsa o pequeno papel onde havia anotado o endereço. Eu estava, sim, no lugar certo: avenida Barão de Baldwin, casa 13. — Quem são as meretrizes? — perguntei com as sobrancelhas levantadas e os olhos salientes e arregalados. Ele riu novamente, bem alto. Pude perceber seus dentes amarelados, manchados, meio podres. Ele coçou a cabeça grisalha.

— Qual o teu nome, garota?
— Clara. Quem é você?
— O vizinho, né? — Ele fez uma pausa. — Me chamo Rei. — E estendeu a mão. Não a apertei.

— Estou procurando pela Camille Bittencourt — eu disse. Ele riu novamente.

— É amiga de infância? — perguntou tomando um grande gole de cerveja. Em seguida largou a lata no chão e pisou em cima com força, com os pés descalços. Fiquei esperando uma expressão de dor, mas ela não chegou.

— Sou. Da antiga faculdade dela. — Ele continuou gargalhando, gargalhando, gargalhando. Batia as duas mãos no joelho e me deixava com mais raiva a cada segundo. Estava confusa, apavorada. Não queria acreditar na resposta que meu inconsciente me oferecia para aquela situação inesperada e desprevenida.

— Ela mudou de nome, garota. Agora ela é Kátia. Bem vulgar! Tu não acha? — Não respondi. — É um nome do ofício.

— Ofício?

— Ai, ai. Tu acabou de me dar o prazer de rir da situação mais engraçada de toda a semana. Mais engraçada do que a morte do meu parceiro que rolou há uns dias. — Ele coçou a barriga cheia de vermelhões. Suas unhas estavam imundas e grandes, e as costas de suas mãos eram cobertas de pelos nojentos.

Eu me lembrava de Lukas, de sua expressão de desespero, de seu olhar decepcionado pedindo para que eu ficasse. Me lembrava da nossa cama, do conforto do apartamento, e até do meu antigo cantinho. Eu ainda não estava entendendo a situação, mas já a previa. Não conseguia acreditar, era fora de compreensão. A pergunta que já havia se tornado constante, se instalava na minha cabeça. O que eu estava fazendo, meu Deus? Talvez já fosse de se esperar, nada nunca dá certo para mim.

— Ela não está em casa?

— Tá na boate, garota. Vai voltar tarde. — Ele olhou no relógio. Olhei no meu também. Eram duas horas da manhã. — Lá pelas cinco ela tá de volta com o resto.

— Que resto? Que boate? Desculpa, mas eu estou confusa.

— Tu não sabe do que eu tô falando mesmo, né? — Ele parou de rir e me olhou sério pela primeira vez. Deve ter percebido o tamanho do meu choque.

— Não — respondi e engoli seco. Meu coração não se controlava mais, estava em estado de taquicardia. Eu olhava em volta e percebia que a rua estava às moscas. Estava tão nervosa que parecia que ia vomitar.

— Da onde tu é?

— São Aurélio.

— Veio até aqui só pra visitar a Kátia?

— É. Eu queria fazer uma surpresa, mas pelo visto me dei mal.

— E essas *mala* aí?

— Desculpa, mas não tenho que ficar te dando satisfações sobre a minha vida.

— Tu que sabe, garota. Ia perguntar se tem a manha de esperar ali em casa enquanto ela não chega com o resto. — Percebi seu olhar inconveniente navegando pelo meu corpo, olhando sem restrições para o decote na minha camisa social. Ajeitei a blusa de maneira que meus seios ficassem completamente cobertos.

— É perigoso por aqui? — perguntei ingenuamente.
— Depende do que tu acha que é perigo. Sou o sujeito mais tranquilo da área, pode ter certeza! Vendo umas paradas, mas tô de boa com os porcos. Entreguei meu neguinho e eles me deram um crédito. O cara tava trapaceando, achou que ia se dar bem. Rateou!

O pouco de sinceridade que ele havia me oferecido, já era perigoso. A verdade completa poderia ser irrevogável. Continuava com os olhos lutuosos vagando pelos cantos. Ainda assustada, não sabia para onde ir, mas não queria ficar no meio daquela rua suja, correndo riscos que não podia prever ou imaginar. Aquela realidade era tão aflitiva, tão diferente da minha, que eu parecia estar tendo um pesadelo. Qual seria o risco maior? Aceitar o convite ou esperar? Um perigo só podia ser substituído por outro. Via lixo por todo canto, sufoco — uma espécie de súplice por socorro. No ar havia um cheiro forte de imundície. O homem de laranja com certeza não presenteava aquele lugar com sua bondade e agilidade.

— Tem algum hotel aqui por perto?
— Só motel fuleiro. — Ele coçou a barriga novamente e deixou sair uma erupção de gases pela boca. — Foi mal. Bom, se tu não quiser vir comigo, vou voltar pra casa. Tô perdendo meu tempo...

Nem respondi, pois queria mesmo que aquele sujeito libertino sumisse do meu campo de visão. Ele foi caminhando de volta para casa e coçou o traseiro dessa vez. Virei o rosto, enjoada. Sentei no degrau à frente da casa e escondi os dedos na palma das mãos, já cobertas de suor. Havia me metido em uma enrascada. A decadência moral e social daquele bairro infortunoso afetava meu julgamento. Já não tinha certeza alguma sobre o amanhã, já me sentia arruinada. Queria colo, aconchego, o passado. Resolvi esperar ali mesmo, pois não tinha escolha. As horas de espera arrastaram-se vagarosamente, enquanto observava um passante ou outro, todos corrompidos pelas circunstâncias. Chamou-me a atenção um menino, aparentemente jovem, com uns 14 ou 15 anos, desfilando com um leve gingado, de um lado para o outro, com uma calça justa demais e uma garrafa grudada nas mãos.

Pontualmente às cinco horas da manhã — e digo pontualmente, pois observei os lentos segundos crescerem — um carro velho e ruidoso estacionou do outro lado da calçada. Meu estômago congelado e esfomeado murmurava. Levantei-me quando notei que três mulheres vinham em direção à casa. Cobertas por grandes sobretudos e botas de salto fino demais. Reconheci um rosto familiar e logo arregalei os olhos extenuados e atemorizados. A figura foi se aproximando, antes das outras, e eu conseguia enxergar um olhar chocado e abrasador, mesmo de longe.

— Bebi demais ou é mesmo você? — Logo se encheram de água os olhos maquiados de Camille. Ela correu ao meu encontro e me abraçou com força e vontade. Em seguida me olhou dos pés à cabeça, e colocou as duas mãos sobre a boca avermelhada. — Não acredito!

— Está contente em me ver?

— Depois da noite terrível que eu tive? Você chegou como um presente de Deus, minha amiga. Acho que eu estou sonhando! — Ela secou as lágrimas.

— Eu ia te avisar, mas não tive como. Pensei em te fazer uma surpresa! — Logo quis indagá-la sobre o lugar em que morava, e a profissão que exercia, mas me contive, pois pude perceber, entre a excitação de seus olhos, certa vergonha e uma tristeza reluzente. Eu estava feliz em vê-la apesar da situação pela qual havia passado e provavelmente continuaria passando.

— Você não sabe o quanto eu estou feliz! — Ela disse e me abraçou de novo.

As duas outras mulheres ficaram paradas me observando. Havia uma ruiva e uma morena de cor. A ruiva tirou seu sobretudo preto e pude ver seu corpo adornado por um corpete entrelaçado. A perna estava enfeitada com uma meia arrastão ordinária e botas de verniz com salto de metal.

— Essas são minhas... — Ela pausou e engoliu seco. — Companheiras. Essa é a Lys... — Apontou para a ruiva, que me deu um beijo no rosto e mostrou seu sorriso amarelado. — E essa é a Paula. — Paula continuou imóvel analisando meus trajes com as sobrancelhas levantadas. Mascando chiclete de maneira barulhenta e desrespeitosa. — Essa é a Clara, uma grande amiga que não vejo há anos — disse. As duas sorriram. Paula tirou a chave de uma enorme bolsa de couro e abriu a porta. Elas entraram na casa e continuaram me olhando com certa surpresa e julgamento. — O que você está fazendo aqui fora? Estava esperando há muito tempo?

— Há algumas horas. — Eu queria demonstrar mais empolgação na minha fala, mas ainda estava espantada. — Fiz o que você disse. Deixei o Lukas. — Camille abriu a boca para falar, mas gaguejou e não disse nada. Em seguida abaixou e percebeu Escuro dormindo dentro de sua casinha.

— Um gatinho! — Ela riu meio sem graça e começou a notar o grande número de bagagens. — Você veio pra ficar? — perguntou receosa. Eu havia de fato, mas havia já era verbo do passado.

— Não. — respondi. — Ainda não sei qual o rumo que eu vou tomar, mas com certeza preciso de um lugar pra ficar por enquanto. — As palavras correram para fora da minha boca, enquanto eu ainda analisava o lugar que eu havia escolhido para ficar e do qual já queria escapar.

— Vamos entrar. — Ela pegou minha maleta e a casinha de Escuro.

Era uma casa de dois andares. Na sala havia um enorme sofá coberto por um lençol branco com queimaduras de cigarro e roupas femininas espalhadas. A mesa de madeira em frente ao sofá estava cheia de parafernálias não identificáveis. Havia muita bagunça e uma velha televisão em um canto. Revistas e papéis ficavam em cima do aparelho.

— Senta — disse Camille já se acomodando e tirando a bota de verniz.

— Posso soltar ele? — perguntei apontando para Escuro.

— Pode. — E riu meio sem graça. — Confesso que estou bastante envergonhada. Peço desculpas pela bagunça por aqui. Se eu soubesse que você viria, teria dado um jeito nessa porra. — Sorri. Meu coração ainda batia forte demais.

— Como você está? — perguntei realmente interessada. Mesmo com medo, estava curiosa.

— Não sei por onde começar. Como você pode ver, minha vida não saiu como eu havia planejado.

— Soube que você mudou de nome...

— Bom... — Ela se levantou e foi até a pequena cozinha. Levantei e espiei. Enxerguei uma pilha de louças sujas. Voltei a me sentar ligeiramente. Camille voltou com duas garrafas de cervejas e se sentou.

— Não bebo cerveja — eu disse.

— Ah... — Ela riu novamente sem graça. — Tenho vodca também.

— Não quero não. Estou bem.

Bem assustada.

— Não quero que você pense mal de mim, Clara. Minha vida se transformou nesse pardieiro porque eu não tive escolha. — Continuei escutando atentamente. — Depois que meu pai morreu, tive que arcar com as dívidas que ele deixou. Você não imagina quantas vezes passei pela agonia de ter que conseguir certa quantia de grana até um determinado prazo... De ter que vender as únicas coisas de valor que tinha, pedir mais dinheiro emprestado para pagar dívidas que não eram nem minhas. Às vezes até dívidas fictícias, acho, de promessas falsas que meu pai fez. Passei por maus momentos, momentos muito ruins mesmo. Tive que tirar dinheiro de onde não existia dinheiro. Levaram meu carro, os quadros, alguns móveis, e quase tomaram a casa também. — Eu estava solidária à situação dela. De Morte eu entendia bem. — Meu irmão estava morando comigo, até acontecer o que eu te contei na carta. — Segurei sua mão e pude perceber mais lágrimas querendo descer de seus olhos. — Tive que ficar com os filhos dele... — Ela fez uma pausa e respirou fundo. — Nunca passou pela minha cabeça ter que cuidar de crianças. Nunca quis ter filhos, não sou uma boa mãe. Não sou legal o suficiente pra isso.

— Onde eles estão agora?

— Na casa da vizinha. Não posso ficar de olho neles o dia inteiro. Tenho que trabalhar. — Ela abaixou a cabeça. — Não gosto da vida que eu levo, Clara, mas não tenho escolha. Achei que tinha um futuro pela frente, mas nada aconteceu da maneira que eu esperava.

— Nem pra mim. — Eu continuava segurando a mão dela.

— Danço em uma boate. Eu e as meninas... — Olhei-a com um ar de desaprovação. — O que posso dizer? Tenho que fazer milagre pra sustentar duas crianças, pagar a clínica do meu irmão e as contas. Podia estar bem-sucedida, podia ter seguido uma carreira, mas a vida me trouxe pra onde eu estou agora. — Ela já havia terminado a cerveja e se levantou para pegar outra. — Somos "As Meretrizes" e fazemos um *live-act* — explicou ela, sentando-se novamente e voltando a segurar minha mão. — A boate é do meu ex-namorado. Não pega nada com a polícia porque os policiais da área são frequentadores da Cola-Selo. — Franzi a testa. — Você deve estar me achando maluca. — Não respondi, achava mesmo — Você quer saber da verdade ou prefere que eu seja sutil?

— Quero a verdade

— A gente transa no palco — ela disse friamente. Fiquei abismada e soltei sua mão em um impulso. — Não sou sapata, Clara. São apenas os ossos do ofício.

— E as outras?

— São namoradas. Conheci elas num pico onde eu comprava uns baratos.

A realidade de Camille era incompreensível. Mais enojada a cada segundo, eu me afastava para o canto do sofá. Um som alto demais começou a ser reproduzido no andar de cima. Um rock barulhento, música de gente maluca.

— E a lei do silêncio? — perguntei.

— Cada um quebra suas leis por aqui. Todo mundo faz vista grossa, contanto que ninguém entregue ninguém. Tem de tudo por aqui, mas não é tão ruim quanto parece.

— Você nunca me disse que o lugar onde morava era assim.

— Era e não era. As casas não costumavam ser assim aglomeradas como sardinhas em lotes pequenos. Antigamente tinha uma grande fábrica de calçados na cidade, mas ofereceram incentivo fiscal e a fábrica se mudou pra uma cidade grande. Muitas pessoas ficaram desempregadas, muitas mesmo. A economia de Bangônia quebrou por diversos motivos. É uma cidade muito pequena, Clara. Homens costumam passar por aqui enquanto viajam de carro, pra dar uma olhada no grande mercado de mulheres e até homens da noite. É o que dá dinheiro por aqui. Somos famosos por isso, pesquisa no Google.

— Mas Camille, você fazia Direito. Não consigo entender esse seu comodismo. É deplorável, não combina com você. Aliás, não combina com ninguém.

— Eu não sou mais a mesma. Tenta entender! A gente fica mais velho e vai perdendo a crença na singeleza dos nossos sonhos.

— Eu sei — admiti.

— Você deve ter tido um dia difícil. Por que não dorme? Amanhã a gente conversa, agora ainda estou no espanto de te ver por aqui.

— Eu não durmo.

— Oi?

— Nada não.

— Vou colocar um colchão pra você no quarto das crianças.

No meio de mais bugiganga indecifrável e poeira, dois berços lindos se sobressaíam. Eu lamentava a conjuntura em que aquelas crianças viviam. Aquilo me doía. As prateleiras na parede estavam cheias de livros, mas a ponto de desmoronar. Haviam sido comidas pela perseverança tranquila dos cupins. O quarto era pequeno e o vento frio atravessava as brechas na janela. O barulho pouco tímido do vento era ensurdecedor. Eu rezava e rezava sem parar, enquanto assistia, com as pálpebras pesadas, aos raios de sol da nova manhã vagarosamente se refletirem em cantinhos no quarto. Virei de costas, para não recebê-los nos olhos. Estava decepcionada comigo mesma, decepcionada por ter ignorado a sabedoria de Lukas, por ter jogado fora todo o seu carinho de maneira irracional e egoísta. Havia me arriscado demais no intuito de me tornar corajosa e independente, e acabara no pior lugar de todos. Uma rua de viciados, de prostituição, de decadência, de pobreza, de malandros. De pessoas de má índole. Não me sentia segura por um minuto sequer. Eu havia sido educada a sentir medo, não havia nada que pudesse fazer. Revirava sem parar no colchão fino e sentia dores fortes na coluna e no pescoço. Olhava para a maçaneta da porta e temia que virasse, que alguém entrasse no quarto, que algo me machucasse, me corrompesse. Não queria dormir, então nem tentava. Na vigilância eu poderia me certificar de que nada mais terrível aconteceria comigo. Talvez, quem sabe. Perguntava-me à qual realidade eu pertencia, e chegava à conclusão de que a todas, a cada uma em seu devido momento. Cada realidade afastava a anterior, eu pensava, enquanto suspirava em descontentamento profundo. Cada realidade na qual eu aterrissava, trazia certa melancolia. Pois na que eu havia deixado para trás, ficava parte de mim. Uma parte sempre precisava morrer para que outra pudesse se instalar.

Na falta de ação, eu caminhava pela minha cabeça.

Pensava nas outras mulheres que moravam ali e me sentia nervosa. Admito o preconceito, admito que não era agradável saber o que acontecia nas quatro paredes do quarto ao lado.

Escuro dormia entre meus braços e ronronava. Ele era a única pureza que havia ali. Nem sei se eu ainda era pura. A casa contaminava meus pulmões de lixo. Eu fechava os olhos com força, tentando aliviar a dor constante que sentia.

No embevecimento do momento, o tempo até que caminhava com certo ritmo. No embalo das lembranças que a presença de Camille me proporcionava, conseguia me lembrar de outras situações incômodas que havia vivido no passado distante. A incursão me tirava do sério. Pensava que fazia um tempo desde que minha conduta moral havia começado a decair. O que eu havia feito com Lukas agora me entristecia, e eu sofria a consequência da consciência pesada, arrastando-me para o lado ruim. Da vida real e das lembranças.

Eu estava na casa de Julian e uma grande festa estava rolando. Seu pai esbanjava na hora de comemorar, fazia aquilo em grande estilo. Um DJ descolado havia sido contratado para tocar. Para fazer as gostosas rebolarem e os homens de meia-idade dançarem de maneira desengonçada e engraçada. Havia mesmo um monte de mulheres de baixo nível nessas ocasiões. Loiras platinadas, turbinadas, com roupas indecentes e provocativas. Muitos homens de terno, homens importantes, poderosos, *jetsetters*, suntuosos, com aparência mafiosa. Bebida cara rodava pela casa, pelo enorme jardim desvelado e pela sala espaçosa com chão de mármore e paredes brancas impecáveis que pompeavam caríssimas artes. Garçons de preto discretamente enchiam os copos de espumante e carregavam bandejas com salgadinhos e sushi. O champagne derramado nas taças borbulhava de alegria. Sorrisos exuberantes enfeitavam o ambiente e pessoas felizes e embebedadas diziam coisas das quais se arrependeriam depois. Eu era uma enorme observadora, reparava nos detalhes minuciosos e ria para mim mesma. Sabia que todas aquelas mulheres com corpos perfeitos, cabelos impecáveis e enormes saltos vomitariam em algum momento da noite e revelariam os erros, as falhas, os pecados, os podres. No banheiro, muitas vezes ouvi rasgação de seda de gente importante – fofoca de primeira mão – e choros inseguros de mulheres que haviam passado do limite.

Lembro-me bem dessa noite específica em que o pai de Julian comemorava o fechamento de um novo negócio. Lembro-me bem do momento em que comecei a sentir ciúme de Julian, constantemente requisitado pelo pai, que o apresentava para diferentes pessoas de cargos que interessariam aos dois. Uma morena de cabelos longos acariciava seu peito, coberto por uma camisa de linho muito bem passada. Julian não a evitava, muito pelo contrário, ria sem parar, enquanto o pai contava uma de suas típicas piadas sem graça.

Até então, Julian nunca havia me dado motivo para sentir desconfiança. Ele era romântico, inteligente e me ajudava nos estudos. A faculdade era puxada e quando o número de trabalhos apertava, eu sempre entrava em desespero e pensava em desistir. Julian me incentivava e parecia tirar boas notas sem esforço algum. Esse era o maior atrativo para mim. Foi o que me fez olhar além de sua reputação e de sua aparência. Ele tinha tudo. Beleza, dinheiro, inteligência, uma família. Seu sorriso era branquinho e seu cheiro, inconfundível, sempre impecável. Seu perfume se expandia pelos ares.

Fazia duas semanas que ele havia me pedido em casamento, em um jantar de família. Lembro bem porque, estufada de felicidade, eu contava os dias para chegar aquela data. Olhava para o meu dedo que carregava um anel com um pequeno brilhante, enquanto assistia àquela cena e acreditava estar alucinando. De dentro da sala eu o observava. Pensava que podia ser uma amiga, uma prima qualquer. Mas foi quando ele tomou um susto com meu olhar investigador, que percebi que algo estava certamente fora do lugar. Ele rapidamente tirou do peito as mãos daquela moça, que, em seguida, se virou com um olhar assustado. Deixou o copo cheio de champagne na mão do pai e veio em minha direção, tomando passos rápidos. Seu pai também se virou para mim, mas sem demonstrar expressão alguma. Senti o choro querendo sair e aproveitei a movimentação na sala para desaparecer por dentro de uma porta que dava para o enorme labirinto da casa – um corredor com várias portas que levavam a outros aposentos.

Fiquei sentada em uma larga poltrona na biblioteca, forrada por um tecido vermelho abundante em filigranas, pensando em como reagir. Talvez quisesse esquecer a cena, talvez fosse mais fácil do que enfrentar uma mudança que me forçasse a deixar para trás parte de mim mesma. Sempre me falavam para deixar o medo de lado, para falar o que me vinha à cabeça, para não resistir às mudanças. Para mim, porém, ser obrigada a mudar sempre tinha o mesmo significado: algo que eu não queria que acontecesse, havia acontecido.

A porta abriu bruscamente trazendo Julian para a biblioteca. Ele agachou na minha frente com a respiração ofegante e disse:

– Clarinha!
– Oi...
– Por que você saiu correndo desse jeito?

Antes que eu pudesse responder, Camille entrou pela porta com uma taça vazia de vinho na mão. Seu cabelo loiro bagunçado para cima fazia um estilo completamente moderno. Fiquei surpresa, pois estávamos em uma parte da casa que poucos conheciam.

– Amiga! O Julian estava louco atrás de você! Você está bem? – Reparei em uma troca de olhar entre eles.

– Estou – respondi. E assim, sem dizer mais nada, voltamos para a festa.

Quando pensar se tornou enfadonho e comecei a ouvir um som agitado e desordenado sendo reproduzido no andar de baixo, me levantei. Olhei a hora em um despertador, percebi que já era uma da tarde, e me espantei. Será que havia dormido? Troquei de roupa e coloquei um short e uma camiseta, pois a temperatura estava elevada. Fui descendo as escadas lentamente, ainda me sentindo assustada com os personagens que viviam naquele universo. No caminho até a sala, quase tropecei em algumas roupas empilhadas em um degrau.

Um pequeno rádio estava ligado a uma tomada na sala e, na cozinha, de costas, um menino alto e magricelo dançava de maneira descontraída. Curvava seu corpo para trás e para a frente e balançava seus cabelos loiros e lisos, que vinham quase até o ombro. Não parecia ter percebido a minha presença e continuava preparando alguma comida. Olhei em volta e não vi nenhum dos moradores da casa. Apressava e reduzia o passo, queria perguntar-lhe quem era e onde estavam os outros, mas estava receosa. Qualquer pessoa daquele lugar me oferecia algum perigo, eu achava. Quase gargalhei quando o vi colocar na cabeça um chapeuzinho de marinheiro. Ele começou a dançar um quase-*twist*, arrastando os pés descalços no chão e levantado uma das mãos no ar. Ele é engraçado, pensei, e em seguida o menino começou a pular, até que deu de cara comigo e, em um susto, deixou o prato de comida quebrar-se no chão.

— Bah, como eu sou burro! — Cheguei mais perto para ajudá-lo a limpar a bagunça e pude notar seus olhos azulados pintados de preto.

— Desculpa, eu não quis te assustar.

— Capaz... — ele respondeu e foi ao som para abaixar o volume.

— Meu nome é Clara, eu sou amiga da Ca... Kátia.

— E eu sou o Hank. — Ele começou a catar os pedaços de salsicha e bacon cru que haviam caído no chão. — Eu tava preparando um sanduíche nutritivo.

— Bota nutritivo nisso, hein? — Eu ri. Ele jogou a franja caída nos olhos para trás da orelha e deu uma risadinha.

— Quer me ajudar a cozinhar?

— Na verdade eu queria saber onde está a Kátia.

— Ah, ela foi levar os pirralhos em algum lugar. Eu achei que tava sozinho aqui... Foi mal pelo rock — ele disse arrastando a letra r.

— Tudo bem. — E sentei no sofá da sala.

— Quer fumar um bauro?

— Um o quê?

— Um cigarrinho de artista. — Fiquei novamente incomodada, mas dessa vez achei engraçado. O menino era bastante simpático e aparentava ter uns 18 anos.

— Não, obrigada. Estou bem. — Eu me sentei e ele se sentou ao meu lado de maneira espontânea e despojada.

— Você é da onde?

— São Aurélio... — Ele começou a rir enquanto acendia um baseado. — O que é tão engraçado?

— Foi mal! É que Cornélio rima com Aurélio! — Não entendi e peguei o controle para ligar a televisão.

A campainha tocou. Hank se levantou e saltitou até a porta.

— Bah, mas tu não morre nunca! — Ele abraçou um rapaz que chegou de terno, carregando uma maleta preta. Era até então a pessoa mais bem-vestida por ali. — Esse é o Cornélio, *baby*!

Cornélio era esquisito, porém cativante. Era branquelo, rechonchudo, e cheio de cachos no cabelo. Seu sorriso era enorme, mas seus dentes não estavam bem cuidados. Tinha um tique nos olhos, uma mania de piscar repetidamente com um olho só, que fazia com que eu não conseguisse prestar muita atenção no que ele falava. Continuei no sofá da sala enquanto os dois, rindo sem parar, fumavam um baseado atrás do outro e contavam uma história maluca sobre seringas que caíam da janela de um apartamento. Me desliguei da conversa por alguns minutos e fiquei assistindo ao noticiário local, que também não me prendia a atenção.

— Tu quer ver? — Hank me perguntou.

— Ver o quê? — perguntei confusa.

Ele pegou minha mão e imediatamente senti um frio na barriga. Olhou dentro dos meus olhos como se já me conhecesse há séculos, fazendo uma conexão entre as pupilas, e me arrastou escada acima para ver alguma coisa que parecia molhar suas calças de tão excitante. Cornélio veio atrás com sua maleta e um brilho exagerado nos olhos. Como se fosse um menininho prestes a abrir seus presentes de Natal. Por algum motivo, eles não me intimidavam e pareciam querer me incluir no diálogo. Fiquei assustada, porém, quando abriram a porta do banheiro e me chamaram para dentro. Eu disse que não e já apressei os passos que queriam descer, mas Hank me puxou pela mão novamente.

— Por que a gente precisa entrar no banheiro?

— Tu não confia em mim? — ele me perguntou. Por algum motivo, decidi entender o que os dois queriam e estavam fazendo. — O Cornélio tá escrevendo um livro, *baby*.

— É uma experiência — Cornélio continuou. — Acredito que a vida sóbria não está com nada — ele disse com um ar sisudo enquanto desembaralhava o código da maleta. — Afinal, é só carne... — ele continuou e sentou-se na privada. — Estou escrevendo um manual em que especifico a droga ideal para ser usada em cada situação. Por exemplo, se você está nervoso, com medo, ansioso, deve obviamente tomar um goró. Você pode achar que fumar vai resolver o caso, te deixando mais tranquilo, mais zen, mas na verdade a maconha estimula as paranoias já existentes no cérebro humano. Já a cocaína deve ser usada numa ocasião em que o usuário precise contar algo íntimo e marcante da sua vida, porque ela permite falar sem inibições. – O baseado continuava rolando entre os dois e o ambiente estava empestado de fumaça. – Tendo essa base, posso te explicar que estou criando a droga perfeita. – Franzi a testa e tentei ver o que havia dentro da maleta. Esperei encontrar um estoque imenso de substâncias ilícitas, mas fiquei confusa quando enxerguei um monte de papéis.

– Cadê essa droga perfeita?

– Ah, eu ainda não comecei a fazer – ele respondeu. Os dois riram com vontade.

– Por que estamos aqui dentro, então? O que estamos escondendo?

– Nada, a gente só veio aqui para te presentear com um pouco de marola. Sentimos que sua áurea estava solitária demais e resolvemos te oferecer um senso de coletividade maior. Agora você já está até usando a palavra "nós"! – Ele sorriu e eu não consegui evitar a risada sincera. Que situação maluca! Abrimos a porta do banheiro e voltamos para a sala. Eu me sentia mais calma. Estranhamente, fui para o quarto e dormi.

Já era de praxe. Fui acordada por um barulho inconveniente que despedaçou o silêncio surpreendente e me fez levantar em um espasmo. Camille estava no quarto revirando uma gaveta e deixou um gritinho escapar quando me viu acordar.

– Amiga, desculpa! Não quis te acordar!

– Acordar?

– Estava procurando um negócio, mas já achei – disse enquanto escondia algo atrás de seu corpo. – Bateram com força na porta. – Porra! Nego nessa casa é muito mal-educado mesmo, hein! – berrou.

– Bah, sou eu! – Hank disse abrindo a porta com um sorriso convidativo. – Vim buscar a Clara pra espalhar a escuridão por essa noite quente!

– O quê? – perguntei me cobrindo com o lençol. Camille sorriu com um ar malicioso. – Espera aí! – falei desajeitada.

– Tenho que ir pra Cola-Selo. O Hank vai se encarregar de cuidar de você. – Ela vestia trajes vulgares e me deu um beijo na testa já se retirando do quarto. Hank entrou e continuei coberta, pois estava dormindo de calcinha e sutiã.

– Ei, não estou vestida.

– Tudo bem, eu não ligo. – Ele se sentou no colchão e continuou. – Vou te levar numa festa genial. Depois vamos passar na Cola-Selo. – Desconfortável, continuei me cobrindo e ouvindo suas palavras com receio. – É só carne, Clara, é só carne. – Sobressaltei quando Hank levantou e abaixou suas calças com a maior naturalidade do mundo. – Viu? Também estou de calcinha – disse mostrando-me a calcinha cor-de-rosa bizarra que vestia. Ele riu, se vestiu novamente e jogou a franja para trás da orelha. – Vai se vestir! Bota um pretinho aí!

Como se já me conhecesse profundamente, Hank tinha uma maneira especial de me deixar à vontade. Eu não tinha conhecimento algum sobre sua vida ou sobre o que estava fazendo ali, mas o fedor do lixo até que ficava mais atraente com ele para me fazer dar risada. Com hesitação ainda pasmosa, deixei-me levar, pois se, já estava na chuva, precisava me molhar. Se a quietude violenta da claridade não havia me proporcionado melhora de espírito, quem sabe poderia tomar um gole de escuridão por uma única noite. É que eu havia chegado à beira do desconhecido e estava prestes a cair de qualquer forma, na escuridão dos dias porvir que não podia prever. Esperava, porém, depois da queda que sofreria por permitir a mudança, encontrar uma rede ou aprender de uma vez por todas a abrir os braços e voar. Não conhecia a duração da minha visita, mas sentia que seria curta. Naquela parada bizarra para refletir sobre o futuro sem rosto que eu buscava, havia encontrado uma resposta. Sabia que, de uma forma ou de outra, estava desesperadamente viva pelas pessoas. Conectada às suas almas enigmáticas de uma maneira tão definitiva quanto o destino. Mesmo com a escassez delas em minha vida.

Fiquei feliz ao descobrir que possuía um "pretinho". Achei um antigo vestidinho preto que usava muito no início da adolescência. Era curto, mas nem tanto, apertado nos seios e rodado embaixo. Quando olhei no espelho, nem me reconheci. Eu estava bonita e moderna, e me sentia bem. Surpreendentemente admirada com minha imagem, percebi que a vida, como aquele espelho manchado, só havia me dado o que eu havia oferecido a ela. O fato é que Hank despertava em mim um pouco de juventude, um pouco do que havia deixado se apagar na convivência com pessoas idosas. Naquele ambiente eu conseguia perceber claramente que havia envelhecido. Havia envelhecido por deixar meus sonhos se calarem. Coberta por grossas camadas de pessimismo, ressentimento, medo, solidão e cinismo, eu encontrava agora novas rugas na minha face. Havia jogado fora a juventude ao crescer cedo demais. Que desperdício de Deus, eu pensava, entregar a juventude aos jovens!

— Nossa! — disse Hank ao entrar no banheiro novamente sem bater na porta. — Você fica uma delícia quando quer mesmo, hein?

Um carro velho estacionou na frente da casa para nos buscar. As Meretrizes haviam partido uma hora antes com o veículo barulhento delas. Esse, porém, era muito pior. A pintura estava completamente descascada. O carro aos pedaços estava remendado com durepox e se arrastava no chão. Não devia fazer vistoria nunca. Aceitar entrar ali já era uma aventura para mim, mas não hesitei. Naquela noite parecia que eu não estava dentro do meu corpo. Algo me atiçava, algo que eu ainda não conseguia identificar.

Um garoto todo maquiado dirigia o carro. Parecia um travesti, mas era mesmo homem, concluí, ao vê-lo buzinando pela rua e chamando moças de "delécia". De vez em quando colocava a cabeça para fora e gritava: "Come ela! No pelo!" Todos riam desesperadamente. Ele tinha cabelos longos, negros e lisos, e usava um monte de acessórios. Pulseiras de metal barulhentas, muitos anéis e um colar de bolas pretas. Na cabeça usava uma bandana, também preta. Chamava-se Rocket. No banco do passageiro estava um menino moderno de cabelos bagunçados para cima. Esse era magricelo e tinha os braços todos tatuados. Usava uma regata larga com a figura de quatro homens que pareciam também travestis. Com a janela aberta, fumava um cigarro atrás do outro e repetia sem parar que precisava encontrar um tal de Muchacho. Hank respondia que o homem estava preso, mas o menino batia na mesma tecla, como se não tivesse escutado. Esse se apelidava de Helvete: inferno em norueguês. Como iria lembrar todos aqueles nomes esquisitos? Não sei. Eu era a única garota no carro e, pela primeira vez em muito tempo, estava me divertindo com aquilo. Helvete acendeu um baseado e Hank logo se alegrou.

— Beeei... Você é um gênio, Helvete!

— Porra! Vai feder o carro! — disse Rocket, indignado, virando o volante e fazendo barulho com as pulseiras.

— Fuma um pouco aí, sua bicha! — insistiu Helvete.

— Eu não. Maconha me deixa de bode. — Ele fez uma pausa e me olhou pelo retrovisor. — Você não concorda... É... Como é seu nome mesmo?

— Clara...

— Olha só, temos uma Clara no carro! — interrompeu Helvete. — Temos que introduzi-la à escuridão!

— O Helvete tá sempre falando em introduzir coisas! — completou Rocket com uma risada na ponta da língua.

— É isso aí! Sou o Helvete e gosto de cunete! — Todos riram e ruborizaram por alguns minutos, inclusive eu. Riam tanto que quase choravam e balançavam a cabeça sem fazer som algum. Eu ainda não tinha certeza se eram todos "machos" mesmo, mas me garantiam boas risadas e conversavam em um dialeto único e totalmente novo para mim. Eu só morria de vergonha de falar, de gozarem de mim. Estando presente no contexto, podia perceber que minha primeira impressão do lugar e das pessoas havia realmente se formado com grande preconceito. Talvez eu estivesse ali para simplesmente aprender uma lição. Até então, nunca havia percebido minha enorme incompetência para a lógica. Eu tinha um monte de preconceitos por motivos totalmente alheios à lógica. Carente de afeto, eu me agarrava às verdades absolutas com as quais eu havia convivido até então. De qualquer forma, mesmo com esta repentina noção de realidade, ainda acreditava nas mesmas coisas.

Ninguém havia me obrigado a acompanhar Hank naquela noite e a rir de piadas que nem entendia direito, mas admito que manter o senso de humor me ajudava a lidar com as situações inesperadas. Com tudo que não era atrativo, confortável, seguro ou conhecido.

Paramos na frente de um barzinho bem pobre e Hank saiu do carro ao encontro de um senhor negro que vestia um velho terno riscado, sapatos engraxados e um chapéu preto. Enquanto isso acontecia, Helvete e Rocket não abriam a boca. Ficavam calados e comportados. Eu sentia frio na barriga. Hank voltou para o carro com um olhar desapontado.

— Conseguiu? — Helvete perguntou.

— Conseguir é coisa de bicha... — respondeu irritado e deu meia-volta. Depois de certo silêncio desconfortável, apareceu com um sorriso enorme, entregando algo a cada um dos rapazes.

— Consegui. — E ajeitou-se no banco de trás. — Essa é matadora... Taquicardia e vômito garantido.

— Êêê! — Helvete emitiu um som infantil e alegre. Engoli em seco. — Isso aqui é *true*! — continuou ao virar para trás e dar um leve tapa na perna de Hank, que percebeu meu incômodo e piscou para mim.

— Esse cara sempre tenta me passar a perna... — disse Hank, calmamente.

— Te passar a perna não! Arrancar sua perna! — respondeu Rocket. — Tá ligado que o cara não tem uma perna, né, meu?

— Não ter perna não é desculpa para encher o saco do resto do mundo!

— Ih! O Hank anda muito filosófico ultimamente...

— É mesmo! — respondeu Helvete, enquanto Hank olhava pela janela. — Mas o guri tem razão, tchê! Ontem um molequinho quase me fez chorar na saída da sinuca. Me convenceu de que sofria profundamente e de que precisava de benefícios especiais. Quando tirei os 10 pilas do bolso, me liguei que também não tinha grana ou emprego, e que não podia ficar ouvindo aquele papo melado e malandro. O troço por aqui tá sério mesmo... A cidade tá parecendo uma porra de um arrastão de mendigos extraterrestres! – Ninguém riu.

Estacionamos ao lado de uma casa de dois andares, pequena e barulhenta, farta de um som de algazarra. Muitas pessoas corriam, gritavam, dançavam, se beijavam, se esfregavam, tropeçavam. Logo fiquei preocupada em me perder, em não conhecer ninguém, em ficar acanhada, deslocada. Caminhamos até a entrada da casa. Os três meninos pareciam ser figuras conhecidas, pois eram notados, chamados e cumprimentados. Eu estava perdida no meio daquela gente, sinceramente tão escura quanto Hank havia dito. Já queria ir embora. Já sentia a insatisfação atraindo o preconceito. Puxei ele pelo braço para dizer que não estava me sentindo bem. Ele segurou meus dois ombros e sorriu.

– Qual é o teu sabor de sorvete preferido?

Já deve estar drogado, pensei.

– Hank, não foi isso que eu disse.

– Me responde, *baby*!

– Não sei... Chocolate.

– Gosta de vinho?

– Gosto.

Outro diálogo *non-sense*, e de cara comecei a perceber que quase tudo que saía da boca dele era de fato loucura. Quem sabe preso em uma viagem de ácido, Hank agora me parecia distante da realidade. Segurava minha mão e me levava para dentro da casa lotada, abafada, empestada de tóxicos e de pessoas sexualmente liberais. Eu não fazia ideia de onde estávamos. Naquele momento eu sabia que já não sabia de mais nada. Subimos uma escada enquanto contornávamos corpos já estragados e chegamos a um quarto. O toque de sua mão me causava desconforto. Em um momento lotado de pessoas e mesmo assim tão solitário, o toque de um ser humano fazia meu corpo estremecer. O desejo que eu tanto temia batalhava para se entregar à loucura e pedia pelo amor de Deus para que eu voltasse atrás. A mistura era aflitiva. O sentimento me remetia a lembranças dos tempos de escola, como a ansiedade para apresentar um trabalho na frente da sala, misturada com o pavor absoluto.

— Tu pode me esperar aqui — Hank disse ao abrir a porta de um quarto com uma bandeira de pirata pendurada.

— Como assim? Mas eu nem sei onde eu estou...

— Essa é a minha casa, *baby*.

— Sua?

— É. Eu já volto, prometo. Tenta não morrer de saudades, hein? — E saiu porta afora com o mesmo sorriso de menino que já lhe era de praxe.

Passeei pelo quarto com olhos preenchidos por curiosidade e confusão. Havia pôsteres de homens maquiados, de bandas de rock, de piratas, e de mulheres com seios de fora. Em uma estante, uma imensa coleção de latinhas de cerveja e alguns DVDs. Com um olhar ainda mais investigador, reconheci os retratos e me surpreendi ao concluir que Hank devia mesmo morar ali. A porta se abriu. Ele carregava dois copinhos de plástico com sorvete em uma das mãos e uma garrafa de vinho já aberta na outra. Entregou-me um dos copinhos e disse:

— Vamos...

— Pra onde?

Ele não respondeu, apenas continuou caminhando e olhando para trás ocasionalmente para ver se eu o seguia. A casa era pequena, mas passar entre as pessoas era trabalhoso, e por algum motivo eu tinha certeza de que estavam todas me olhando e me julgando. Sentia-me alienada. Chegamos a outro quarto com uma pequena escada redonda no centro, e Hank me mandou subir. Deparei-me então com um espaço descoberto, um terraço. Os ventos sopravam meu cabelo. Hank sentou-se na beirada com os pés balançando para fora e me disse novamente para que eu o acompanhasse.

— Não acredito que você realmente me trouxe sorvete...

— Eu que comprei, tem de vários sabores. Só como porcaria...

— Eu percebi. — Ri e abaixei a cabeça com vergonha daquele momento íntimo e inesperado. — Você realmente mora nessa casa?

— Moro, mas mal venho aqui. Tenho passado os dias lá na outra casa. Isso aqui é da mãe e do namorado dela. A festa é deles...

— Da sua mãe? Sério?

— Isso. Ela usa mais drogas que eu. — Riu, mas dessa vez, com certo nervosismo. — E esse cara aí vive enchendo a velha de porrada. Mas ela curte, o que eu posso fazer? Já conheci um bando de garotas assim... — disse com um sorrisinho semifechado, enquanto tomava um grande gole da garrafa. Eu ouvia o vento em contraponto e chegava mais perto, em um gesto cândido. — Eu disse não às drogas, mas elas não me ouviram!

— Como você se vira? Trabalha?

— Beeei... Lógico que não. — E franziu a testa como se a resposta fosse óbvia. — Não preciso trabalhar, preciso de dinheiro.

— E então?

— A velha deposita uma merreca pra mim todo mês. Tô tentando ser modelo também.

— Sobreviver da beleza! — exclamei. Ele riu mordendo os lábios e balançou a cabeça afirmativamente. — Sua mãe realmente deposita o dinheiro? Por que não vem aqui pegar? É tão perto!

— O banco também — ele disse. Rimos. Abri a boca para falar em um gesto sincero de gratidão por sua presença.

— Eu não tenho família. Fui adotada e minha mãe já se foi. — Seus olhos se arregalaram e a declaração causou um impacto até em mim. Eu não costumava transferir aqueles pensamentos comedidos para palavras. — Estou na estrada. Logo eu, que sempre fui tão zelosa com tudo... Não tenho nem onde morar. — A garrafa de vinho havia chegado em um momento bastante favorável.

— Tu nunca teve vontade de procurar teus pais verdadeiros? Vai que erraram, vai que se arrependeram...

— Pra quê? Eles me jogaram fora — retruquei absorta.

— O pai também. Vazou quando eu era criança. Mas depois que cresci, consegui entender a situação melhor. Não dá pra ficar guardando muito rancor, não serve pra nada, só machuca. Hoje eu consigo manter um relacionamento com ele, o que me parecia ser algo impossível antes...

— Inspirador! — admiti.

— Qual é o teu maior sonho?

— Acho que de repente é mesmo encontrar minha família. Conhecer minha verdadeira mãe, meu verdadeiro pai, conseguir descobrir o que tenho de cada um... Mas é um sonho bobo e ridículo. Isso aqui é o mundo real e o seu é muito mais real do que o meu.

— Qual é o teu?
— No momento, este.
— Bem-vinda ao meu mundo! — ele exclamou com os braços abertos e uma pureza que não parecia possível. — Sei que todo mundo parece louco por aqui, mas os trastes são *tudo* gente boa. Não são bichinhas loucas como parecem.
— Você chama seus amigos de traste, isso é engraçado.
— Mas eles são! E eu também sou! Nem tomo banho há um monte de dias!
— Eu não precisava dessa informação!
— Tu precisa relaxar... — ele disse colocando o braço em volta de mim. — Olha pro céu, olha pro futuro! Eu posso não ter muito, mas sou feliz e é o que importa. Meu sonho é sair dessa cidade, mas enquanto não chego lá, tiro proveito do que posso. — Ele me me abraçou mais apertado. — Tu entende o que eu quero dizer. — Nós dois rimos.
— Por que está sendo tão legal comigo? Você nem me conhece...
— Por que não seria? Eu nem te conheço! — E sorriu. Um silêncio desconfortável agitou-se pelo ar sem lentidão no ato. — Temos que ir daqui a pouco, *baby*. Temos que ir pra Cola-Selo.
— Essa não era a festa genial?
— Sou o maior gênio de todos. — Ele sorriu fazendo charminho. — Não preciso desse lugar — continuou, dessa vez um pouco menos seguro.
— Por que você volta aqui, então?
— Pra mostrar que posso caminhar sem dizer nada pra eles. Sem dar pro velho o prazer de sentir minha raiva. — Nem consegui responder, apenas me afastei um pouco dele, ainda meio sem graça. — Vamos? — E me levantei.

Hank já estava embriagado. Seu corpo já se comportava sem controle algum. Sem cessar, colocava mais para dentro. Sem atenuar, escapava de maneira transitória do fardo de sua realidade para um lugar incalcado em sua mente. Delirava com uma liberdade aparentemente inventada, e deliciava-se no submundo de sua alma. Atraído por aquilo tudo, também temia. Temia se transformar em alguém como sua mãe.

Eu falava sozinha, silenciosamente, enquanto analisava seu comportamento sem crendices. Estávamos unidos por um rompimento em comum, que havia sido descoberto intuitivamente por aquela experiência. Compartilhávamos algo, era visível.

Nossos lábios acanhados se tocaram.

A transferência mútua de saliva foi metáfora da troca do nosso consolo indizível. Com certo clima pesado provocando rendimento, perguntei-me, sim, se estava subvertida. Com um toque verdadeiramente masculino na minha cintura, deixe-me por alguns momentos desfrutar de um comportamento incorreto. Aproveitei a grande mão absorvente que contornava meu corpo e que usava os dedos para apertar a pele gelada que havia se livrado de todo o calor. Meu batimento acelerava progressivamente e, de repente, o afastei. Antes que fosse tarde. Ele abaixou os olhos, contrafeito. Respirei.

— Desculpa, é que eu... Não sou tão moderna... Eu... — Não sabia explicar. — Não estou...

— Desencana. — E me pegou pela mão novamente para descer.

Na frente do carro, Helvete e Rocket esperavam com sorrisos marotos grudados no rosto. Rocket abraçava uma garrafa de Montilla.

— Qual foi, teu? — Hank logo perguntou empurrando Helvete, que ostentava o sorriso mais largo.

— Sua mãe ainda tá querendo o Helvete — anunciou Rocket querendo soltar uma gargalhada maléfica.

— Vai se foder! — Hank respondeu e entrou no carro me puxando pela mão. Trocamos um olhar singelo e consegui compreendê-lo. — *Motherfucker*! — disse ele baixinho com a intenção de descontrair o ar denso. Todos riram, o humor os recobria. Aquilo devia ser normal. A ironia dos rapazes servia como antídoto para o conformismo que não podiam encarar. O tom de desilusão era patente e oscilava entre os braços da zombaria e do descaramento, dançando para não se tornar claro.

A Cola-Selo finalmente deu as caras, não se parecendo em nada com o que eu havia projetado nos pensamentos. Se a festa para onde eles haviam me levado se exibia, a fachada da tal boate se preservava. Era uma casa de dois andares, aparentemente malcuidada, com uma placa pintada a mão que apresentava seu nome. O clima não era do bem. Nunca me imaginaria em um lugar como aquele. A impressão de submissão, rebaixamento e dependência fazia meu corpo estremecer. Tão recatada com o ato de me despir para alguém, eu não conseguia sequer compreender aquele estilo de vida desmoralizado. Entramos, mas Hank já não segurava mais minha mão.

Novamente com vontade de escapar, fui penetrando aquele novo universo obscuro e enigmático. Inicialmente topei com um ambiente com pista de dança, um palco e um bar. Sem muita iluminação em lugar algum exceto o palco, percebia homens compostos por sombras escuras e chapéus. Uns no bar, outros em algum canto dos sofás negros. Mulheres caminhavam com calcinhas fio-dental e seios de fora. Nada daquilo me proporcionava conforto ou simpatia, o corpo para mim é algo sagrado. Fiquei aliviada, porém, ao perceber que nenhum ato sexual acontecia naquele aposento. Notava mulheres carregando homens pelo braço e os levando para algum outro lugar.

— Tu tá bem? — Helvete me perguntou.

— Sei lá — respondi. Eu nunca havia sido boa atriz. Meus olhos procuravam por Hank, mas ele havia desaparecido. Sentia vontade de chorar e também medo. Certo capricho pronunciava-se: ânsia por proteção.

— Tá procurando o Hank?

— É, acho que sim.

Antes que Helvete pudesse responder, fomos surpreendidos por uma música eletrônica muito alta e luzes coloridas girando no palco. Uma senhora com o rosto esticado chegou à beirada com um microfone na mão e uma maquiagem exagerada e de mau gosto no rosto. Recebeu assobios, fez piadinhas, virou-se de costas e recebeu berros excitados por conta de seu bumbum ainda empinado — embora um pouco esburacado — à mostra. Em seguida, com orgulho, apresentou "As Meretrizes". Engoli em seco e senti minhas mãos tremerem. Sozinha e assustada, fui para os fundos. Camille foi a primeira a entrar no palco e a visão absoluta de seu corpo como viera ao mundo não me agradou nem um pouco. Sua feminilidade provocava urros, provocava bramidos, provocava sorrisos, provocava mãos masculinas ativas. Eu observava seus olhos ficarem nus também, e dentro deles havia homens que nadavam, boiavam, saltitavam. Camille era flexível. Virou de costas para o público pavoneando suas luas gêmeas, afastou as pernas e dobrou o corpo até o chão, deixando à mostra seu ânus. Os berros agora jamais ficariam quietos, e eu, quase atônita, já não podia desviar o olhar. Na expressão da minha velha amiga, eu enxergava uma dama desesperada, majestosa no sofrimento, já viciada naquela maneira de se vergastar. Obviamente excitada, ela demonstrava falsa certeza de que era dona de si, mas eu duvidava que quisesse mudar de atitude. Os bicos dos seus seios almejavam mais estímulo e a vagina desnudada parecia não só pedir, mas precisar, implorar. A fugacidade dos movimentos acompanhava a batida da música, que a ajudava a compassar a agitação. Não sempre, pois às vezes parava, agachava-se no chão e, sem se importar com a sujeira daquele velho palco, roçava-se sem receio. Ela exalava desejo.

Não paravam de servir bebida no bar.

Paula entrou com uma cadeira na mão e se posicionou no meio do palco. Eu tentava preparar meu coração já frenético para o que estava a caminho. Pedia para que Helvete e Rocket, distantes da visão dos meus olhos, não me vissem ali. Algo no meu olhar esmiuçador era proibido.

A mistura agressiva de cores entre as duas parecia já ter transformado o público em animais. A liberação sexual de ambas as moças atravessava barreiras. A diferença de peso entre elas também gerava controvérsia. O corpo de Paula era flácido e Camille ainda ostentava uma magreza doentia. Inicialmente dançavam distantes, e a lenta aproximação ensaiada entre os corpos causava tensão. Tentei ir ao bar disfarçadamente, pois minha boca também pedia sossego, algo para me deixar molhada. Meus dentes arrancavam a pele dos lábios e a sobriedade da minha alma queria me presentear com culpa. Pedi uma taça de vinho, provavelmente de péssima qualidade, e engoli tudo de uma vez. A taça era um copo de plástico e mais vinho foi servido nele por uma loira que não conseguia se desconcentrar do show. Com a iluminação avantajada, eu conseguia agora notar que o bar também estava lotado de mulheres. Mulheres e meninas novinhas, homens e meninos novinhos. Não pediam identidade para entrar, só cobravam uma miséria que Hank, agora caçado pelos meus olhos solitários, havia pagado para mim. Voltei para o local onde estava sentada.

Notei a maneira com que os quadris de Paula oscilavam para os lados, para a frente e para trás, em movimentos circulares. Em volta de mim, as pessoas estavam sob efeito hipnótico. As mãos de Paula percorriam seu corpo como um convite, e Camille já estava perto demais. Quando os corpos se tocaram, o público delirou. Era visível que as duas estavam curtindo a atenção. Os bumbuns rebolavam e as partes íntimas se encontravam, enquanto Lys chegava ao palco com uma perna na frente da outra, como se desfilasse em uma passarela.

Com cabelos cor de fogo e olhos claros, passeava em volta das outras duas, que pareciam estar obcecadas por aquele momento íntimo realizado publicamente. Lys repetia na frente do palco a coreografia que Camille já havia efetuado. Dobrar o corpo até o chão e exibir mais do que eu estava acostumada a saber sobre mim mesma. Seus seios eram imensos e chacoalhavam desinibidos. Quando Lys se juntou às outras duas e elas passaram a aparentar ser um corpo só, foram agachando até o chão. Fiquei realmente perplexa com aquilo. Camille estava deitada com as pernas abertas quando Lys levou a língua rosada à sua vagina. Ajeitava-se de quatro e recebia a língua de Paula em outro buraco nada higiênico. "Cunete!", alguém gritou bem alto, fazendo baderna. Com o calor que percorreu minha alma, fiquei desajeitada e inquieta. De repente pisei para fora do meu corpo e tentei entender a situação perturbadora na qual eu me encontrava perdida. Minha respiração rareou e, rapidamente, decepcionada com minha reação ao assisti-las, corri para fora da boate, morrendo de vergonha.

Meu desespero repercutia naquele abismo noturno. Perto de alvorecer, eu reconhecia uma grande sensualidade nos suicidas daquela cidade. Não sabia para onde correr para encobrir aquele brusco estupro à minha moralidade notavelmente hipócrita. O destino que eu acatava havia ficado no escuro. Eu já vivia uma vida completamente diferente da que uma vez conhecera, mas julgara insuficiente. No final da noite, enxerguei claramente: era eu a submissa. Submissa aos desenganos. Toda vez que fugia, suspirava, era de terror. Lembrava de outrora arcaica, quando suspirava no quintal de casa com vontade de crescer. Quando eu era criança, conseguia dormir, e sonhava com um grande amor.

Teimava em encontrar Hank, pois fora ele não havia ninguém. O mundo parecia ficar cada vez mais cheio de pessoas com as quais eu não tinha laço algum. Um pouco ressentida, eu pensava no beijo que havia ocorrido. Aquela visita, que eu havia realizado na esperança de ter a companhia cúmplice de Camille, havia sido um engano, um desencontro. Ocupada demais com sua escuridão pervertida e sua ilação, ela não devia se sentir atraída pela minha normalidade. Assim, me fazia invisível. Eu iria embora no dia seguinte. Para algum lugar onde provavelmente me esburacaria no defeito de mais uma estrada. Havia também a fantasia: quem sabe encontraria um lugar para dormir.

Estava agachada contra a parede. Levantei-me em um sobressalto quando ouvi passos. Era Rocket.

— E aí? — ele chegou perguntando. Suas correntes batiam uma na outra e faziam barulho sobre sua calça de couro. Ele ostentava um sorriso suspeito no rosto. — Tava cagando. — E soltou uma gargalhada. Fiquei acanhada. — Sabe como é, né? Essa porra branca não deixa a gente ficar sem cagar no meio da balada. — Sorri cordialmente. Hank foi o próximo a aparecer, da mesma esquina, e nessa hora me senti tão terrivelmente acanhada que fiquei olhando para o outro lado, fingindo não notá-lo. Escutei uma voz feminina vindo de longe e paralisei.

— Essa vaca não te merece, cara. Deixa a mina ir embora! — Rocket disse para Hank. Virei-me para eles e sorri de novo, de boca fechada. Meu coração estava enlouquecido. Percebi um gesto escondido de Hank para seu amigo, como se quisesse fazê-lo parar. — Cara, eu tava pensando sobre isso tudo. Sobre os livros que eu tô lendo e sobre como eles têm a ver com o que você tá passando com a Ivete. Eu acho que...

— Deixa isso pra outra hora — Hank disse nervoso, cortando-o. — Tu não consegue cheirar e calar a boca, teu? — Rocket estranhou. Olhou para mim e virou-se para Hank novamente.

— Ah, me liguei. — Me senti suja de vergonha. Um homem grande e forte saiu pela porta da boate.

— Tá tudo certo por aí? — perguntou com uma voz rouca e grossa e um charuto na mão.

— Capaz — disse Hank. Os dois partiram para a esquina e me largaram novamente. Um rosto conhecido me chamou a atenção. Era Rei, o vizinho devasso que eu havia conhecido na minha primeira noite inopinada na cidade. Usava uma regata apertada e encardida que deixava sua barriga d'água visível.

— É tu! — exclamou ele, apontando para mim como se estivesse contente.

— Olá.

— Mas ainda tá com essa cara de borocochô? — perguntou. — Tu não serve pra essa cidade não, garota. — Alguém finalmente percebeu, pensei. — Tu tá ligada que se rolar algum *pobrema*, pode me chamar, né? O Rei cuida de tudo.

— Obrigada — respondi desanimada.

Outro homem esquisito surgiu. Vestia um casaco marrom e estava abraçado em outro de aparência desgastada, que parecia ser um mendigo. Hank e Rocket voltaram e o homem foi na direção deles.

— Machuquei minha patinha... — ele disse com uma voz rouca e baixa. Parecia um cachorrinho abandonado. Seus olhos estavam vermelhos e pequenos. — Me deixa ir com vocês pra festinha...

— Tu lembra de mim? — perguntou Hank.

— Lembro... De um show da minha banda! Você é muito mais bonito do que o Charles Dan! — exclamou, aproximando-se. Deixou o mendigo que cambaleava e não dizia nada de lado. Rocket logo o afastou e se meteu:

— A gente não tá indo pra nenhuma festinha, cara... Foi mal.

Helvete chegou com o carro e uma moça de sutiã no banco da frente.

— A gente vai atrás, *baby*! — disse Hank ao segurar meu braço.

Me soltei e parei de costas para ele. Entramos no carro. Enquanto Helvete dirigia bêbado, todos falavam sem parar.

Eu era a única quieta demais, estagnada no nada, bolando planos para o amanhã. Havia, pela primeira vez na vida, sentido falta de uma alternativa, de um novo destino. Precisava encontrar paz, mas eles falavam tão alto, tão rápido, e a risada da mulher maltratada parecia a de uma garça do inferno. A mão de Hank passeou tateando e estacionou na minha coxa. Cheguei para o lado, aborrecida. Usando a visão periférica, percebi que ele estava me olhando.

— O que vocês querem da vida, hein, moleques? — perguntou a mulher.

— Nada — respondeu Helvete.

— Nada? — ela repetiu indignada. Rocket ria e concordava.
— Somos os garotos de lugar nenhum! — Hank adicionou.
— Isso aí! E eu tô com dor no rock... — disse Rocket.
— Dor no rock? — a mulher perguntou sem entender nada.
— O que é o rock?
— É a área entre as bolas e o cu — ele explicou. As risadas não se calavam mais. — Porra! Fiquei com o pau duro por tempo demais, meu! E agora? — Os rostos ficaram desesperadoramente vermelhos e ninguém mais conseguia se controlar.

Estacionamos na frente da casa de Camille e todos saíram juntos do carro. Antes de sequer entrar, eu já estava injuriada. Meu cérebro latejava ao pensar que todos iriam ficar por ali. Helvete tirou da mala do carro sacolas de plástico cheias de cascos de cerveja e falou:

— A Distribuidora eras...

A festa não havia terminado. A porta não estava nem trancada; simplesmente entramos.

Todos se acomodavam na sala enquanto eu procurava por Escuro. Estava negligente com meu filho, assim como Camille, que dizia cuidar de crianças que pareciam nem existirem. Silenciosamente, eu vasculhava pelos cantos e imaginava se eu o havia feito sentir raiva de mim. Passava saltitando pela bagunça e lembrava do meu lado organizado, acatado, solitário, religioso. Da arte de arrumar os armários. Sentia uma saudade abafada do caminho do qual eu me desviara por causa de impulso prematuro. Escuro era tudo que restava de lá. Já no segundo andar, ouvi seu miado. Vinha de dentro de algum outro quarto, e, como eu sabia que as proprietárias não haviam chegado, fui entrando, repleta de curiosidade. O cheiro era forte dentro daquele pequeno quarto e arregalei os olhos ao perceber que meu gato havia feito suas necessidades pelo chão. Peguei ele no colo, carreguei-o para o quarto onde eu estava e o deixei ronronando sozinho, pois desci para pegar algum alimento. Não iria limpar o estrago, já não tinha mais carinho algum pela minha antiga amiga que agora eu não reconhecia. Já havia mais gente na sala, mas minha cabeça havia se retirado. Pensava em números, lugares, dinheiro, futuro, desilusões. A saída estava na ponta da minha língua, mas a marola na sala importunava meu raciocínio. Minhas unhas desejavam sujeira, gastar os dedos na pedra, cavar o túnel para a libertação. Podia enxergar as listras pretas e brancas no meu corpo, mesmo sendo inocente. Pagava por um crime que não havia cometido e ninguém viria para a minha defesa.

— *Baby?* — interrompeu a voz de Hank. Mas não era comigo que ele falava, uma nova moça havia chegado. Ivete, eu deduzi. Ao pegar leite, dei de cara com carreirinhas brancas estendidas na pia. Rocket apareceu por trás de mim falando em voz baixa. Vestia um casaco vermelho de verniz e um chapéu de caubói.

— Não conta pra ninguém. Essas são minhas. — Servi leite em um prato, agressivamente, e segui em frente, deixando-o falar sozinho. Ele nem notou o que eu havia feito. Estava tão enrolado em sua carreira de porras brancas, que parecia soterrado.

De volta ao quarto, Escuro arranhava uma gaveta. Com o descaso dos lençóis deitados no colchão, investigá-la parecia admissível. Estava emperrada, tive que fazer força, mas, ao abri-la por completo, logo me deparei com um monte de fotos. Intuitivamente peguei uma e conheci enfim a imagem das crianças. Eram meninos, como Camille havia dito. Pareciam familiares, apesar de eu nunca tê-los visto antes. Tinham sorrisos branquinhos e olhos verde-água. Na foto, aparentavam ter uns dois anos de idade, e estavam sentadinhos em cima de um pano florido. Tinham a benção da ignorância, podiam acordar alegres na manhã de Natal.

Algo me perturbou e continuei estudando o interior da gaveta. Encontrei outras fotos de Camille com os meninos, mas nenhuma de seu misterioso irmão. Algo estava errado, eu sabia. Não sabia, mas sabia. Ouvi passos na escada e corri para a cama.

— *Baby...*
Fiquei assustada.
— Hank!
— Tu não tá chateada comigo, tá? — ele perguntou, sentando-se no colchão com uma latinha de cerveja na mão. Seu nariz estava entupido e coçava sem parar.
— Não.
— Mulheres dizem não quando querem dizer sim — falou. Não respondi. — Não quero que pense mal de mim. Gosto de ti. — Deixei-o cutucar sua mente. Eu não falava nada. — Aquela mulher é um caso antigo...
— Você não tem que se explicar. Vou dormir.
— Posso dormir contigo? — perguntou, arrojado.
— Não — respondi estressada.
— *Baby...* Deixa eu te proteger...
— Eu não costumo me alterar, Hank, mas estou a ponto de ter um colapso. Eu não pedi pra ir naquela porcaria de lugar, não pedi pra ficar lá dentro sozinha. Eu vou embora.
— Pra onde?
— Não sei.
— Fica comigo...
— Eu vou embora.

— E o que eu faço com o meu amor não correspondido por ti? — ele perguntou. Ri sarcasticamente.

— Por que não volta pra casa, menino? — perguntei para aborrecê-lo.

— Por que não procura seus verdadeiros pais? — ele deu o troco.

— Quem sabe eu vá... Posso procurar minha mãe biológica se quiser, sei o nome inteiro dela.

— Já eu não vou voltar pra casa. — E sorriu piscando. Não se afetava com meus comentários, não se afetava com quase nada. Tirou meu cabelo do rosto e o colocou atrás da minha orelha. — Não faz sentido voltar pra onde eu comecei, não é? — Dessa vez eu ri. Ele me deu um beijo na testa. — Tem certeza de que tu não quer dormir comigo? — Abri a boca para responder, mas uma voz feminina o chamou do andar de baixo, me interrompendo. — Porra, ela voltou! Droga! Tenho que ir! — E me deixou. Eu ouvi seus passos apressados descendo as escadas. Cobri-me com o cobertor e afundei em reflexão. O vento frio me ofendia, soprava com raiva.

Com as mãos acariciando o corpo, eu levantava a bandeira da solidão perpétua. Sempre amaldiçoada no amor, sabia bem como era me sentir insignificante e invisível. Desditosa. Rejeitada pelos braços das nuvens, havia pingado em um soluço. Ao longo dos pesados anos eu havia feito um belo trabalho em me conformar, pois não andava mais pedindo colo. Com a privação das lágrimas e a arrumação das gavetas mentais, já era quase doutora em colocar meu próprio coração na geladeira. Antes de fechar os olhos, porém, espirrava. Preocupava-me tanto com a contenção noturna e os bocejos inúteis, que acabava agindo contra mim mesma. Permitia que a esperança me seduzisse, me afagasse, e que uma voz me dissesse que eu voltaria a encontrar alguém que nunca, nunca teria coragem de me abandonar à própria sorte.

Pois por anos vivi amores inventados, enquanto ensaiava preciosas conversas em um sonho esmaecido no espelho do meu quarto. No reflexo via minha verdade e minha fraqueza, exposta ao vento e ao pensamento que me carregava para a cama. A coberta era atirada para longe do meu corpo e a liberdade da minha nudez privada instigava espasmos. Usava minhas mãos para trazer arrepios para a pele sozinha, tão sozinha, que criava companhia real. A companhia de um romance que não se retirava do quarto, que não queria abrir as cortinas para enxergar o mundo exterior. O sentimento excitado fazia parte da face de uma ilusão disfarçada, das artimanhas do desespero. Com minha própria sombra ao travesseiro, eu fazia promessas e levava adiante o teatro com sorrisos apaixonados direcionados ao nada. Relacionava-me em silêncio, e no sonho suspirava, vivendo a emoção de uma droga que eu mesma criara sob encomenda. Esses romances da insônia haviam simplesmente se transformado em parte de mim, e eu já estava acostumada com a interferência que me perseguia nas falsas esperanças da vida real.

Pousei os braços sobre os olhos. A fome me maltratava. Lânguida, não conseguia nem procurar pelas horas. Mas não esperava adormecer. Nem no túmulo eu esperava dormir.

Abri os olhos, permaneci inerte. Havia tido um sonho, não podia crer. A claridade na janela me confundia. Eu estava ali mesmo, lembrava, naquele pobre colchão, e vestia o mesmo vestido preto que nem tivera paciência de tirar na noite anterior. Estava de olhos abertos por um único minuto e já me sentia apavorada. Uma grande quantidade de lembranças difusas misturava-se com imagens do sonho, que demorava a se tornar nítido. Com o lençol sobre o rosto, eu me revirava.

Estava no mesmo local, com a mesma roupa, e me levantava, deixando o corpo para trás. Tornava-me leve, mas tinha pouco controle dos meus movimentos. Arrastava-me, parecia, e demorava a me mover em direção ao lugar aonde queria ir. Abria a porta. Lembrava do detalhe da maçaneta virando. O corredor ressoava em silêncio profundo. O mundo assoprava, dizia nada. Na escada encontrava Hank, mas seu rosto estava diferente. Os olhos mais verdes, os lábios mais rosados. Vestia um terno preto. Não falava comigo, apenas me olhava. Eu queria falar, mas não conseguia. Arrastava-me, parecia. Tinha a impressão de que fora do campo da minha visão, algo terrível me esperava. Na sala, depois que conseguia atravessar os infinitos degraus da escada, encontrava um número absurdo de bebês. Eles não paravam de chorar. Eram todos idênticos, medonhos e idênticos. Uma mulher sofria ao telefone e babava lágrimas, mas de costas. Vestia preto também.

Jogava-se no chão, humilhada, e entregava-se a um longo e incontrolável pranto. Eu queria consolá-la, mas não conseguia. Arrastava-me, parecia. Camille surgia do ar, vestida de noiva. Ela estava lindíssima, lembrava, com o rosto rejuvenescido, angelical. Ao telefone, falava com o hospital. Pedia uma ambulância e precisava ser logo, logo, urgente, por favor. Sem conseguir ser notada, eu morria de preocupação. O que estava acontecendo? Hank juntava-se a mim, mas novamente não trocávamos palavras. Eu não enxergava a cena direito, a imagem falhava como em um velho televisor. Tentava ajeitar minha antena interior. Ela não respondia e então eu tomava outro susto. Os bebês sumiam, com Hank. Procurava-o, mas não sabia nem como me mexer. O cenário mudava e o clima tornava-se mais denso. Enxergava um rosto embaçado tentando ser resgatado de dentro de uma ambulância. Chegava mais perto e tentava gritar. Estava apavorada, desesperada. Nada saía e na maca era eu. Camille ria, ao telefone. Ria alto, com maldade. Avisava ao seu marido que havia aniquilado a competição, mas ele não respondia. De dentro da bolsa, tirava uma babá eletrônica. Um coro de nenéns famintos ecoava, ecoava. Eu continuava imóvel e depois estava de volta à cama. Acordava.

Levantei-me vagarosamente e fixei o olhar em lugar nenhum. Havia decidido ir embora, mas ainda não tinha um plano. Troquei de roupa e desci as escadas. Estava desnorteada. Procurava por Camille e ainda não acreditava na maneira com que ela me ignorava sem sequer disfarçar. Eu não era bem-vinda, mas queria uma razão. Pessoas dormiam amontoadas na sala e um cheiro forte de sexo, ou órgãos mal lavados, deixava-me enjoada. O ambiente em si era uma infração. Havia crimes pavorosos, prostitutas doentes, falta de lágrimas, desleixo alimentar, odores intensos, sofrimento encoberto, vícios incontroláveis e botas de verniz. Eu estava sozinha. Na sala aos pedaços, eu estava sozinha. A parede era suja, não havia cortina, e, lá de fora, escutei a voz de uma senhora chamando o filho para comer. Saí pela porta. Era um belo dia. No ar livre, percebi que havia me esquecido de como era prazeroso respirar. Inspirar e expirar. Fui até a calçada e vi a senhora gritando da sacada. Era mesmo velhinha, e usava um longo vestido florido e sandálias.

— Esses jovens! — ela exclamou para mim. — Fiz polenta especialmente pro moleque e ele não aparece! — disse indignada. Eu ri. Uma ideia aterrissou em meu crânio. Fui em sua direção.

— Prazer, meu nome é Clara — eu disse, estendendo a mão. Ela a apertou e sorriu surpresa, como se sentisse falta de tamanha educação.

— Alice, muito prazer!

— Sou amiga da Kátia — disse.

— Ah, entendi — ela respondeu com uma cara fechada. Tentei encontrar mais assunto.

— É a senhora que cuida das crianças dela?

— Minha irmã, mas ela não está.

— Ah... — respondi sem resposta. Eu tinha alma de senhora fofoqueira, não estava satisfeita. — Por acaso você conhece o irmão dela?

— Que irmão? — perguntou confusa. Tive uma surpresa ao ver Cornélio na porta. Ele também pareceu confuso.

— Olha só quem está aqui! — exclamou.

— Você conhece essa moça? — Alice perguntou a ele.

— Conheço. É boa pessoa, mãe. — Ela entrou na casa e murmurou algo sobre a falta de respeito do filho, que não aparecia para se alimentar. — Quer entrar? Comer algo? — O convite era irrecusável, precisava mesmo de um bom prato de comida.

Entramos na casa e Cornélio avisou que eu ficaria para o almoço. Em seguida me levou para um quartinho nos fundos, onde havia uma mesa de trabalho cheia de papéis, livros e um computador. Logo notei grandes nomes da literatura e fiquei impressionada.

— São seus livros?

— São. Sou formado em letras — contou enquanto se sentava na cadeira atrás da mesa de madeira. — Senta — disse e apontou para um sofá. — O que está fazendo aqui?

— Na sua casa? — perguntei sem graça.

— Nessa cidade... Você com certeza não é daqui.

— Bom, é difícil de explicar. — Tentei encontrar o que dizer, mas não consegui. — Acho que estou de passagem, vim parar aqui por acaso. Conheço a Camille da faculdade.

— Quem é Camille?

— A Kátia — corrigi. Ele levantou uma sobrancelha só.

— Que faculdade?

— Fazíamos Direito juntas. — Cornélio parecia não conseguir acreditar em mim.

— Que loucura!

— Então é a sua tia que cuida dos bebês?

— Cada um ganha dinheiro de um jeito...

— Eu ainda não conheço os meninos. Pra falar a verdade, estava começando a desconfiar que fosse tudo mentira. Estou na casa há alguns dias e não vi sinal de vida deles.

— A Kátia não tá nem aí. Deixa as crianças onde conseguir. Por ela, eles ficavam no meio da rua. — Ele começou a digitar algo no computador e mudou de assunto. — O que fez com que uma moça culta como você acabasse aqui? — perguntou. Pensei sozinha por alguns segundos.

— Destino, eu acho. Consequência. — A impressora nos interrompeu fazendo barulho. — Está trabalhando?

— Como eu te disse, por aqui ganhamos dinheiro como podemos. Já que não consigo lançar meus livros, faço um bico aqui e outro ali. Quer saber o que estou fazendo agora? — Fiz que sim com a cabeça. — É ilegal. — Continuei escutando. — Estou imprimindo notas fiscais falsificadas. — E deu uma risadinha. — Sou um gênio!

— Não entendi.

— Quando os samangos batem na casa dos fornecedores, muitas vezes encontram eletrodomésticos malocados, roubados. Se não tiverem nota fiscal, eles se fodem. Os caras levam tudo. Com um programa mágico chamado Photoshop, uma impressora das antigas e um bom papel de fax, mais conhecido como papel termossensível entre os fiscais da receita, eu imprimo notas fiscais referentes aos valores das peças roubadas e dos financiamentos que permitiram as compras. Em troca, pego fumo.

— Então você trabalha pra fumar maconha.

— Não me subestime, moça... Como é seu nome mesmo, aliás?

— Clara.

— Clara! — Ele fez uma pausa e retirou os papéis da impressora. — O fumo eu vendo.

— Na Cola-Selo?

— Lógico que não. — Notei novamente seu irritante tique nos olhos. — A Cola-Selo é escrachada. Só os manés que se acham malandros vendem drogas por lá. O lugar tá sempre cheio de olheiros. Pra saírem limpos, têm que dar uma ajudazinha. Suborno, propina. Eu mantenho meu nome limpo, não brinco demais. Assim os traficantes não encanam com a minha venda na área deles e os policiais não ficam de olho em mim. Tenho que preservar minha família.

— Você é um traficante gente boa, então — disse rindo.

— Trabalhador. Mas vender fumo é uma merda. Se alguém bate aqui, tenho uma mala cheia de produto. Tem que ter uma boa quantidade para ganhar dinheiro.

— Caramba! — foi tudo que consegui dizer. Ficamos em silêncio por alguns segundos. — Você conhece o irmão da Camille? Digo... Da Kátia.

— Quem?

— O pai dos bebês.

— Calma aí, menina. Você tá vendo incesto onde não existe.

— Como assim incesto?

— Não existem parentes consanguíneos. Os bebês são filhos da Kátia, ora.

Uma raiva misturada com satisfação se revirou no meu estômago. Eu estava certa, minha intuição havia ganhado o caso que meu inconsciente estava pronto para resolver até mesmo antes de mim. Soube desde sempre que havia algo misteriosamente errado naquela história mal contada. Com vontade de encher as narinas de raiva, tive que conter o detector de mentiras que havia reconhecido o cheio podre. Tive que conter o sentimento para não deixá-lo explodir, e também para conseguir seguir em frente com a minha investigação. A mãe de Cornélio entrou com dois pratos e dois copos em uma bandeja. Agradecemos.

— Desculpa meu mau humor, viu, minha filha? É que cuidar de sete filhos nessa porcaria de fim de mundo não faz bem pra ninguém.

— Ela é formada em Direito, mãe — disse Cornélio. Alice abriu um enorme sorriso.

— É bom ver gente que faz algo da vida por aqui. Vou deixar vocês sozinhos. — E saiu fechando a porta delicadamente.

— Sua mãe parece ser estudada — eu falei.

— Ela me ensinou a gostar de palavras, mas nunca terminou o Ensino Médio. — Começamos a comer e o prato estava realmente delicioso. Assim que terminamos a comida e o copo de refrigerante, Cornélio me perguntou:

— Quer ir ao Loft comigo?

— O que é o Loft?

— É um bar de malandros oportunistas, assim como todos os lugares dessa cidadezinha imbecil. Tenho que falar com um cara. Não se preocupa, não vai acontecer nada de ruim. A gente toma um goró e eu respondo o que você quiser saber sobre a podridão resplandecente da sua atual localização.

— É um trato, poeta — respondi satisfeita.

Era um bar como qualquer outro, mas parecia especialmente popular pela sua *jukebox*. Estava repleto de caipiras safados e malandros, exatamente como Cornélio havia descrito. Esperavam a vez para se dar bem ou para trocar a música. Eu não sabia reconhecer a movimentação da droga no local, mas com certeza conseguia senti-la presente e poderosa. Havia uma mesa de sinuca no centro e mesinhas típicas de lanchonete em volta. Cornélio estacionou no bar e disse que eu podia me sentar em uma delas. Observei enquanto ele conversava com o atendente. Era um homem grande, musculoso, cheio de tatuagens malfeitas e esverdeadas pelos braços. Tinha também uma careca brilhante, e usava um chapéu de coubói na cabeça. Uma loira entrou pela porta e pude perceber os olhares virando-se para ela. Eu a reconhecia, seu nome era Ivete. Observei-a meticulosamente, conduzida pela minha curiosidade e também pelo meu ciúme que tentava se esconder, fracassado. Seu rosto estava lotado de *pancake* e ela parecia achar que a maquiagem realmente escondia sua aparência desgastada. Entrou pelas portas de madeira com uma expressão simpática, dando tchauzinho para alguns caras e mostrando seus dentes descoloridos e manchados. Quando se sentou em um banquinho do bar, pude ver que a simpatia era falsa. A jovem moça começou a jogar seu charme para o atendente enquanto pedia uma bebida. Não devia ter dinheiro, pois continuava insistindo. Sem sucesso, em repouso, tinha uma expressão apática e perversa. Quando alguém ficava de costas, ela lançava um olhar raivoso que percorria desde os pés à cabeça da pessoa. Um cara entrou no bar e a fez transpirar. Ivete era totalmente transparente.

    O cabelo do cara era mal pintado. As raízes estavam pretas e o restante era cor de fogo. Ele usava uma jaqueta de couro e tinha um nariz enorme, mas não era feio. Não se enquadrava em nenhum padrão de beleza, mas era um pouco sexy. Ivete devia mesmo concordar. Pegou da bancada do bar um copo vazio com um canudinho. Começou a chupar o canudo simulando uma chupada. Fazia isso enquanto fingia que olhava para o nada, e levantava as sobrancelhas loiras com uma expressão de menina inocente e safada. Em seguida abriu um pouco as pernas, como se fosse sem querer, e deixou a calcinha de oncinha aparecer. O cara nem a notou, foi direto para a mesa atrás de mim com um caderninho nas mãos. Eu tinha visão absoluta sobre ele, e percebia o quanto suava. Cornélio continuava conversando com o atendente e parecia menosprezar a presença da moça, que, em seguida, sentou-se ao lado do cara com os ombros enconstando-se nos dele.

— E aí, você vem sempre aqui? Acho que nunca te vi antes.

— Bosta, vocês não têm mesmo o que fazer, hein? — ele respondeu sem olhar para ela. Mantinha os olhos fixados no papel e rabiscava com uma caneta.

— Licença? O que você disse pra mim? — ela perguntou indignada.

Ele continuou a atividade com suor escorrendo pela testa. Ivete se levantou bufando e foi até o bar com as mãos na cintura. O atendente a observava com um sorriso sarcástico no rosto. Curiosa e cheia de maldade, resolvi segui-la até o bar e pedi uma cerveja. Cornélio logo entendeu o que eu estava fazendo e sorriu para mim com o tique nos olhos a mil.

— O que foi? Por que tá me olhando assim, Billy Mac? — Ivete perguntou.

— Você sabe quem ele é, mulher?

— Um babaca!

— O nome dele é Sponge. Dizem que acabou de assinar um contrato com uma gravadora da cidade grande. Parece que é um moleque promissor. Aparece raramente por aqui, mas quando dá as caras sempre senta no mesmo lugar e fica rabiscando que nem um louco. Não fala com ninguém. Dizem que saiu há pouco tempo de um hospital psiquiátrico.

— Isso é sexy — Ivete disse. Billy Mac riu.

— Rampeira! Vem aqui que eu te mostro o que é sexy. — Ele colocou a língua entre os dedos e simulou um ato de sexo oral. Indignada e interesseira, ela voltou para falar com Sponge. — Ivete canivete, vai ao fogo e não derrete! — gritou ele.

— É verdade isso? — Cornélio perguntou.

— É. Menos a parte do contrato! — Os dois riram sem vergonha, enquanto eu tentei me segurar. Ivete saiu furiosa pelas portas velhas de madeira do Loft depois de sofrer outra rejeição. — O contato dela sumiu do mapa. A passarinha tá louquinha, louquinha. Não tem nem grana pro aluguel. Disse que cansou de chupar pau e rebolar pra tarados. — Riu de novo, perversamente. Eu só escutava, de *vouyer*.

— Tá aí o amor da vida do Hank — Cornélio disse virando-se para mim. — Dá duas cervejas pra gente — ele disse para Billy Mac, que abriu duas garrafas com o antebraço e nos entregou. Eu, que só bebia vinho, também tinha de certa forma me entregado. Mas era em nome da minha paz de espírito. Meu novo amigo tinha respostas. Fomos para uma mesa.

— Não pude deixar de perceber seu interesse naquela moça. — Eu sorri. — Você tá a fim do Hank, não tá?

— Lógico que não!

— É... Ele é assim. Faz uma se apaixonar em cada esquina.

— Eu disse que não...

— E eu sou escritor — disse, e tomou um grande gole de cerveja.

— Obrigada por estar sendo bondoso comigo.

— É um prazer conversar com uma mulher inteligente. Mas então... Me diz o que realmente está se passando por essa cabecinha...

— Não sei por onde começar. Na verdade tudo não passa de um pressentimento, de uma intuição. Eu tive um sonho muito esquisito essa noite com as crianças da Camille. Daquele tipo que fica incomodando durante o restante do dia, sabe? E agora você me diz que eles são filhos dela mesmo! Ela me disse que estava só cuidando dos meninos, que eram do seu irmão, que está louco recebendo cuidados em um hospital. — Ele levantou uma sobrancelha só.

— É, tem algo que cheira mal nessa história. Eu só vi o pai das crianças uma vez pra te falar a verdade. É um cara que tem grana, mas parece que não assumiu a paternidade dos filhos, e a Kátia, por algum motivo indecifrável, não fez exame de paternidade. Preferiu enfrentar a vida do ofício. Sinceramente, acho que ela gosta. — Batidas aceleradas tomaram o meu coração. — O tal do pai não mora aqui na cidade, disso eu sei. — Uma ansiedade maluca se instalou. Era o intervalo entre o que eu não sabia agora e o que eu iria descobrir depois. Parecia fatal.

— Você por acaso sabe o nome dele?

— Não — respondeu. Ele atendeu a um assobio de Billy Mac e virou-se para trás. — Meu cliente chegou. Tenho que ir. Espero ter te ajudado. Você sabe voltar daqui, né?

— Acho que sim.

— A casa da Kátia é na segunda rua à direita. Boa sorte. Se quiser, bate lá em casa à noite. Lá pelas 11.

As peças estavam começando a se encaixar e a parada naquela cidade estava quase fazendo sentido. Eu estava apavorada, absorvida, e vestia a roupa de um detetive. Pelo menos sabia que já não tinha mais medo de gente. Tinha orgulho de estar, de certa forma, de volta à sociedade. Mesmo que essa sociedade fugisse de todos os padrões.

Uma música pesada tocava no fundo e uma garrafa quebrou-se no chão. Com os flashes recorrentes do sonho, eu continuava ali parada, sem pertencer por um segundo sequer.

Insistentemente, Ivete sentou-se ao lado de Sponge mais uma vez.

— Você não gosta de gente, cara?

— Não tenho nada contra pessoas, mano, contanto que eu não tenha que lidar com elas. — Ele nem a olhou nos olhos novamente. — Sacou?

Voltei caminhando lentamente com um pé na frente do outro. Observava as calçadas irregulares, os moradores de rua que nem se levantavam do chão para pedir esmola, a decadência agora natural, e os pássaros. Quietos e sem vida, pareciam precisar tossir. Viciados passavam e agora eram reconhecíveis para mim. Passavam apressados e tinham a consciência limpa. Aquela sociedade, apesar de tudo, era a mais honesta que eu já havia conhecido. Ninguém precisava esperar silenciosamente pelo roubo do governo. Ali as pessoas faziam com as próprias mãos.

Cheguei em casa e rezei para encontrar Camille. Mesmo que não soubesse o que iria dizer. Meu coração intrometido voltou a bater forte demais. Esperava que a montanha de gente já tivesse sumido. Minhas mãos suavam. Na sala, deparei com Paula, Lys, e dois homens esquisitos, agitados. Disse oi e subi para o quarto, sem vontade alguma de me misturar com aquelas duas a quem eu parecia conhecer intimamente. No caminho, ouvi um dos caras gritando afetado:

— Vamos embora, cara! Essas vagabundas não precisam de machos pra nada! Mulher é tudo lésbica mesmo! No fundo é tudo sapata! Loucas pra lamber um carpetinho! Puta que pariu!

Meus olhos foram parar automaticamente na gaveta do quarto onde havia achado as fotos das crianças. Era melhor acender a vela de vez do que ficar amaldiçoando o escuro da minha situação. Me concentrei na gaveta: olhos verde-água, eu lembrava, olhos verde-água. Abri a gaveta, com um gesto brusco, já me importando pouco com a possibilidade de ser flagrada. O coração traiçoeiro aguçava a curiosidade crescente, e de repente, com uma foto na mão, fiquei surda de silêncio absoluto. Um eco de nada e eu fiquei fora do ar. As mãos encharcadas, o estômago gelado. Não conseguia acreditar no tanto que já sabia. O leite estava derramado, eu queria gritar a plenos pulmões. Sucumbida, deixei as lágrimas se manifestarem e fiquei parecida com a imagem que havia visto no meu sonho. Eu e meu inconsciente fazíamos uma bela dupla de detetives. Desnorteada, eu não desgrudava os olhos do retrato, deixando as lágrimas pingarem no chão. Minhas mãos estavam atadas. Haviam passado a perna em mim, e a crueldade me deixava abismada e aterrorizada. Eu mal podia esperar pelo momento em que poderia lavar a roupa imunda. Estava pronta. Aquela piranha escrota, eu repetia na minha cabeça, aquela piranha escrota! Ajoelhada no chão, abaixei a cabeça e me senti monstruosamente sozinha e mal amada. Fui derrubada por uma avalanche de perguntas que chegavam apressadas, emboladas. Como tiveram coragem de fazer aquilo comigo? Como foi que eu havia me submetido àquela situação deplorável? O choro machucava o peito, tornava-se mais alto e envenenava o coração de ódio. A ferida coberta superficialmente, por maquiagem apenas, estava exposta à luz do dia. Havia perdido, naquele momento, a capacidade de separar minhas memórias em diferentes gavetas. Na gaveta daquele quarto, havia achado o suicídio do coração: nunca mais iria amar. Eu era fraca. Tão fraca que procurava a lei. Por ela, somos todos iguais, mas eu sabia desde sempre que havia nascido terrivelmente diferente, aleijada.

Nem a Morte é tão terrível quanto a traição — incurável, irreparável, eterna. Lembrava-me agora de uma citação famosa: "Aquele que trai um amigo propositalmente, trairia seu deus." Camille havia se mostrado podre, Julian havia se mostrado podre. Ao lado de Camille na foto, a imagem deixava-me enjoada. Sorria do mesmo jeito que sorria para mim. Nem o Diabo poderia ajudá-los, nem o Diabo. Estavam condenados, eu sabia, liquidados.

Naquele momento eu me transformei.

Concordava com o cara no Loft. Não havia nada de errado com as pessoas, eu só odiava ter que lidar com elas. Agora, porém, era necessário. Não usaria palavras, mas uma metralhadora. Era hora de quebrar um silêncio prolongado, era hora de finalmente berrar!

Ouvi uma discussão vindo do lado de fora da casa. Fui olhar pela janela. Na casa da frente, duas mulheres batiam boca. Enquanto Camille não aparecia, eu precisava me distrair para não me destruir imediatamente. Já havia empurrado as lágrimas para dentro e agora meu corpo parecia poderoso, cheio de energia negativa pronta para explodir. Eu era como um vulcão que havia acordado, depois de ter deixado a ira dormir, e já estava cansada dos pequenos tremores. Minha erupção seria assustadora, o desastre seria mesmo natural. Não pouparia ninguém. Não deixaria de vomitar a dor que lembranças desnecessárias agora causavam.

Parada na frente da janela, vi que era Camille quem estava dentro daquela casinha do outro lado da rua. Ela saiu pela porta furiosa e minha respiração se tornou arquejante ao perceber que ela carregava as crianças pelas mãos e atravessava a rua para chegar em casa. Estava na hora. A foto ainda estava em minhas mãos e inspirava bravura diante do perigo. Saí do quarto na ponta dos pés e me escondi para conseguir ouvir o que ela falava e com quem. O som que saía de sua boca era baixo demais e meu coração não descansava. Batia, batia, batia. Levei a mão ao peito como se quisesse acalmá-lo. Ouvi a voz de Paula:

— Você tem que limpar sua bosta sozinha, cara! Ninguém mandou esconder os moleques ali! Ficou cagada, agora se vira! Manda essa songamonga ir embora!

— Fala baixo, porra!

Eu pensava se era o momento certo para descer, surgir, assustá-la, confrontá-la. Corria o risco de realizar a entrada na hora errada e de perder alguma informação importante.

— Eu não vou te ajudar dessa vez, cara. Você pediu! Agora aguenta!

— Se você tá jogando suas inseguranças em cima de mim porque eu trepei com a Lys, desencana! Você não vai me afetar!

— Você é baixa pra caralho, hein, garota? Baixa pra caralho! Tá precisando se internar, isso sim! — Paula já berrava e Camille devia saber que eu apareceria a qualquer minuto. — Não tem escrúpulos mesmo! — Um dos meninos começou a chorar. — Olha o que você tá fazendo com essas pobres crianças! Você vai pro inferno, cara!

— Mamãe? — um deles disse manhoso, com jeitinho de criança que ainda está aprendendo a falar. Meu coração se partiu ao ouvir aquela voz inocente e delicada. Meus pés pediam para ir em frente. Parte de mim os odiava de maneira irracional e covarde, outra parte queria salvá-los. Respirei fundo.

Apareci na escada com tremor e o teatro logo começou. O choro da criança aquietou, e os olhos de Camille ficaram salientes e esbugalhados ao me ver. Mesmo assim ela parecia achar que tinha o domínio da situação. A expressão no rosto estragado de Paula dizia: "Não quero nem ver o que vai vir agora." Ela foi para a cozinha bufando.

— Meus amores, essa é a tia Clara — Camille disse hipocritamente ao pegar um deles no colo. Vestiam pequenas camisetinhas sujas. — Esse é o Di — falou olhando para o que estava em seus braços, escondendo o frágil rostinho entre os seios da mãe e colocando o microdedão na boca. – E esse é o Ju. – Engoliu saliva.

Sem resposta, não consegui evitar a curiosidade de olhar com uma lupa para o destino que poderia ter sido meu. Para os frutos de alguém que uma vez me dera segurança. Olhei para o rosto daquelas crianças como se olhasse para a face de um fantasma.

– Oi! – eu disse para Ju, que me olhava com olhos assustados e aguados. Escondia a foto atrás do meu corpo.

– Eles estão com sono, amiga. Vou levá-los pra dormir. – Quando Ju abriu a boca para falar, Camille o interrompeu usando uma voz exageradamente alta. – Não quero discussão, hein? Vamos tirar uma soneca! – Ju imediatamente voltou a abrir um berreiro.

– Onde está o papai de vocês? – perguntei. Di continuava escondendo seu rosto, enquanto Ju chorava.

– O que foi que eu disse pra você? – Camille perguntou ao menino. – Ninguém gosta de bebês chorões! – Ele nem prestou atenção.

– Di e Ju – repeti para mim mesma, pensando nas palavras que iria metralhar em alguns segundos. – Di e Ju são apelidos de quais nomes? – perguntei a eles com o batimento cardíaco alucinado, exaltado.

– Clara, eles têm que dormir! – ela disse nervosa, nitidamente nervosa. Di olhou nos meus olhos pela primeira vez e retirou o dedão da boca. – Diego.

– Julian – outro respondeu, reduzindo o choro. A tensão tornou-se insuportável. Olhei para Camille esperando uma explicação, mas como sabia que não viria, resolvi abrir a boca.

– Julian! – repeti com um sorriso debochado estampado no rosto. – Que belo nome para dar ao seu filho! – exclamei, levantando a voz. Camille pareceu chocada, pois não conseguiu dizer nada. Apenas largou o pobre menino no chão e ficou me olhando, paralisada, indefesa. — Eu queria fingir que não tinha descoberto a sua farsa, Camille, eu bem queria, mas não sou tão fria quanto você.

— Amiga, qual foi a droga que te deram? — ela me perguntou rindo de maneira esquisita, ao segurar meus ombros. Pude sentir suas mãos tremendo. Empurrei-a bruscamente, fazendo-a perder o equilíbrio. Paula chegou e pegou Di no colo. Segurou a pequenina mão de Julian e os levou para cima, obviamente irritada. Eles subiram em silêncio, pareciam detestar a presença da mãe.

— Sua amiga tem razão! Não existe palavra melhor pra você... Você é baixa! — Eu chegava mais perto de seu rosto enquanto ela caminhava para trás. — Baixa, mesquinha, falsa, escrota, depravada! — Podia continuar para sempre, podia xingá-la de todas as palavras chulas que agora cabiam perfeitamente no meu vocabulário. Podia pronunciá-las todas sem perder o ritmo. — Por quanto tempo achou que iria me enganar? Por quantos anos me esfaqueou pelas costas? — As lágrimas, antes tão íntimas, haviam se tornado visíveis. Não pude contê-las, elas escaparam. Camille continuava me olhando em estado de choque, mas não emitia tristeza, apenas frieza. — Você é uma mentirosa, uma puta mentirosa! — gritei. Ela franziu as sobrancelhas e me empurrou com brutalidade, estimulando a agressividade em mim.

— Quem você acha que é pra entrar na minha casa sem pedir licença e falar comigo desse jeito?

— Eu era sua amiga, cara... Eu te amava! Mas você não presta! — Estendi a foto diante de seus olhos. Sua respiração desesperada começou a consumi-la. Parecia estar se vendo diante de um pesadelo, ou pelo menos eu esperava que estivesse. — Só não entendo por que respondeu minha carta! Juro que não entendo! Eu não estava bem, mas estava melhor. Você me convidou pra este antro nojento como se quisesse, inconscientemente, que eu descobrisse seu terrível segredo! Como se quisesse que eu fosse enterrada junto com você!

— Clara... Não é o que você tá pensando... — disse com a voz falha, tentando aliviar a consciência com um clichê.

— Você sempre teve alguma coisa com ele? Diz a verdade! Já não tem mais importância, então é melhor admitir sua culpa. Quem sabe assim você evita a ida sem volta ao inferno! — Ela não sabia o que dizer. — Eu lembro de flashes, de pequenos flashes. De momentos em que minha intuição quis falar comigo, mas não dei ouvido. Era tão ingênua! Lembro agora de gestos, de olhares, de insinuações. Como pude ser tão cega? Tão tapada a ponto de manter uma amizade com uma vagabunda como você! — Eu mal aguentava a raiva dentro de mim, mal aguentava o urro aflito de alguém que aprendera a viver sozinha. Sem gritos, sem alterações, sem decepções, sem necessidades perigosas para o meu bem-estar. Minha angústia sangrava internamente. — Eu não sei como expressar o tamanho do nojo que eu tô sentindo, Camille! Tanto nojo! Você ainda fez questão de mencionar o Julian na sua carta! Fez questão de mencionar as crianças, as coitadas das crianças! No fundo você queria contar seu segredo, não queria? — Fiz uma pausa para recuperar o ar. As lágrimas ainda rolavam. — Tomara que a culpa tenha te consumido, te sufocado! Por todos esses anos que você desapareceu! Agora está tudo completamente claro!

— Se eu te disser que tentei, mas não consegui me controlar, você nunca vai acreditar! Então o que posso dizer? O que posso dizer, cara? Ele era irresistível e você sabe disso!

Julian era o rei! – No brilho doentio de seus olhos arregalados, eu enxergava uma obsessão. – Mesmo você, puritana e santinha como é, se deixou levar por ele! Entregou a ele sua virgindade antes mesmo do casamento, e se rendeu aos luxos do dinheiro! Você é tão dissimulada quanto eu! Ostenta um monte de morais falsos! – Sua voz aumentava a cada palavra pronunciada. Estávamos prestes a transformar a discussão em briga física, a decepção em guerra.

– Quem transa por dinheiro aqui é você! – ataquei.

– Nossa... – Ela cerrou os olhos por um segundo. – A inveja é uma coisa horrorosa assim de perto, hein? Você acha mesmo que tá com alguma razão? Acha que é superior a mim só porque não precisa vender a boceta pra ganhar a vida? Vai tomar na porra do seu cu! Não, sério mesmo. Você vai gostar... – Ela começou a rir, um riso desesperado. – Você acha que eu já não saquei qual é a sua? Acha que eu não sei que virou anoréxica? Acha que não percebi que não dorme? Conta aí, Clarinha! Qual é a droga que você tá escondendo da galera? O que tá usando pra ficar magra como eu, hein?

– Você é doente! – gritei possuída, sem acreditar no que ouvia.

– Eu sou doente, mas levanto a cabeça! Você é doente e fraca! Como você é fraca! Quanto tempo faz que não dá umazinha? – Fiquei em silêncio, envergonhada. – Não teve coragem de abrir as perninhas pro Hank? Eu sei que tava morrendo de vontade... Hein? – Continuei calada. – Ah, não, ops! Ele te trocou por uma vagabunda! Quanta ironia, Clarinha, quanta ironia!

– Há quanto tempo você tinha relações com ele, Camille? – Eu já chorava em excesso, lágrimas fracas.

– Vocês namoraram por um ano. E a gente... Bom... A gente namorou por muito mais tempo! Nossa! Como ele metia bem! – Estava tremendo e não pude me segurar. Estalei a palma da mão no rosto dela e ouvi o barulho da minha raiva. Ela riu debochadamente. – Bate que eu gosto! – E aproximou seu corpo do meu. – Vem, gata, vem! É o que você quer, não é? Quer um pedaço de mim! Vem que eu te faço mulher! – Tentava esfregar seu corpo no meu e quanto mais eu a empurrava, mais ela se aproximava, agressivamente. – Deixa eu te fazer mulher, deixa eu te mostrar como se faz! – Dei outro tapa em seu rosto. Dessa vez mais fraco. As mãos estavam encharcadas de suor, as lágrimas sentiam-se desesperadas. Eu queria matá-la. Estava encostada contra a parede ao lado da porta, e Camille tentava segurar meus dois braços. Eu me debatia, tentava bater em seu rosto. Ela estava determinada a me segurar. Ouvimos um choro infantil vindo do andar de cima e a voz de Paula gritou:

– Qual é o seu problema?

Camille não parou. Ignorou sua amiga e continuou tentando me fazer submissa. Deixei que ela me segurasse, que encostasse seu corpo no meu. Eu já tremia, tremia sem controle. Seus olhos encaravam os meus, sua boca estava quase encostando na minha.

– É assim que eu gosto – ela disse baixinho ao levar os lábios ao meu ouvido. – Assim a gente não perturba as crianças. – Uma onda quente atravessava meu corpo, arrepiava meus pelos, embaralhava meu estômago. Com as mãos praticamente atadas acima da cabeça, eu pensava em chutá-la para longe. Ela mordia o canto dos lábios cheios de batom borrado. Em seguida, passou a lambê-los. Eu olhava dentro dos seus olhos e tentava encontrar algum resquício de culpa, mas não havia nada. Camille não era uma boa pessoa e gostava disso, era óbvio. – Por que não resolvemos essa história direito? Por que não nos juntamos? Eu, você e Julian... Teria sido demais.

— Ela ainda falava baixo, tentava soar sexy. Quando me debati, ela empurrou meu corpo de volta com o dela, como se fosse um homem penetrando uma mulher. — Não adianta lutar, você sabe que vai perder. Você sempre perde! — Eu já tremia epileticamente em uma confusão de sentimentos impossível de aturar. Camille tentou me beijar. Em um susto, pretendi mordê-la, mas ela foi rápida, desviou. — Eu já disse que não adianta lutar. — Ela olhava agora para os meus seios. — Julian disse que seus peitos são demais. — E mordeu os lábios novamente. Eles se aproximaram, insistentemente, sem medo.

— Vou te morder se fizer isso de novo! — avisei. Camille simplesmente gemeu de maneira provocante. Eu temia que alguém entrasse pela porta. Ela tentou me beijar novamente e, com o medo progredindo para pavor, eu só conseguia tremer agora. — Camille! — exclamei, suplicando, esmagada de vergonha. Ela levou o dedo indicador aos meus lábios e pediu silêncio. Fechei os olhos, franzindo a testa, e ela finalmente conseguiu o que queria. Eu não podia crer. Meu corpo não sabia como reagir, minha mente estava enlouquecida, embaralhada, dúbia. O ódio que eu sentia era tão grande que deixei que ela me beijasse, que violasse meus lábios. Ela largou meus braços, mas não consegui me mexer. Não desviava, estava enfraquecida, neutralizada. Sentia tanto ódio e deixava que sua língua tocasse a minha da mesma maneira que uma virgem deixa que desabotoem seu sutiã. Não conseguia entender. Mesmo sem sua selvageria deixando vermelhões nos meus braços, continuava com eles estendidos na parede imunda. Meu corpo vibrava, tremia e oscilava. Camille me beijava delicadamente, eu a odiava, e agora retribuía. Uma de suas mãos pousou na minha cintura e uma das minhas acariciou seu rosto de traíra. Descobri naquele momento o quanto eu era carente. Carente de mim mesma. Pressionadas, as lágrimas correram dos meus olhos novamente. Para mim, já estava nua. Com os olhos colados, eu me permitia. Então a porta se abriu. Empurrei Camille com força em um susto horripilante de volta à sanidade. Com os olhos abertos, só queria correr. Correr para onde nem eu mesma pudesse me encontrar. Correr para o escuro total.

Quem te enfurece, te conquistou.

Um miado crescente arrancou gritinhos de nós duas, fazendo-nos ignorar a abertura da porta. Camille continuou berrando e meus olhos espantaram-se com certo alívio contaminado quando percebi que Escuro havia pulado em suas costas, cravando a unha em sua pele, sem pena. Camille debateu-se aflita e ele caiu no chão, arisco, miando agudamente. Correu para dentro da cozinha enquanto Hank e mais dois meninos desconhecidos vieram ao socorro de Camille. Minha respiração havia se tornado tão arfante que eu parecia estar tendo um ataque de asma. A cena era terrível. Os três garotos haviam surgido em um momento de tensão praticamente fatal. Olhavam com espanto. No meio de perguntas e questionamentos, simplesmente bloqueei as vozes. Não ouvia nada, Hank estava com as mãos nas minhas costas. Não ouvia nada, não ouvia nada. Nem sua voz, nem o universo. Tremia, perto do colapso, perto da loucura. O mundo inteiro grita e ninguém ouve nada. O grito preso no peito, o coração explodindo, as imagens gelatinosas, embaçadas, confusas. Fiquei no escuro, no escuro de verdade. Que dor na alma! No escuro, no... Nada.

CAPÍTULO II
CRUZANDO A PONTE

Vi o branco e tremi, mas era apenas o teto. O choque que tomei ao deparar-me com um teto foi como o impacto do discernimento entre um sonho e a realidade: alucinógeno e quimérico. A primeira observação foi quanto ao meu corpo: ele estava menos cansado, mais calmo. Os olhos lutavam para manter o foco, queriam voltar para o estado inconsciente e fantasioso. Não havia tido sonhos, porém. Não havia tido fantasias. Apenas acordara em algum lugar.

Levantei o corpo e me sentei. Estava em uma cama macia. Sentia o descanso como já nem lembrava mais que ele existia. Minhas costas doíam menos. Esfreguei os olhos, deixei que se acomodassem. Hank apareceu na cena no mesmo momento em que eu reconhecia o ambiente estranho. Ele estava dormindo em uma poltrona. Deitei a cabeça no travesseiro novamente, e a lembrança obscura logo me causou espanto. Eu havia desmaiado, agora lembrava. Depois de um acontecimento que se instalaria na profundidade enrustida do meu cérebro. Naquele canto no qual eu não podia deixar a curiosidade mexer. Não queria encaixar as peças, e me revirava agora. Reconhecia que acordar confusa havia se tornado habitual. O fato me incomodava. Olhei para a figura do menino adormecido – angelical e demoníaco, confortável e perturbador. Dormia de boca aberta e dentro dela eu lembrava que havia me sentido viva, inutilmente. Estava aliviada, porém, por ter acordado e visto seu rosto. Havia outro que eu não podia ver nunca mais. Precisava ignorá-lo, balançava a cabeça para não raciocinar. O raciocínio seria nocivo demais, eu precisava respirar. Respirar era a única saída.

Sentada novamente, percebi a cor mostarda da parede. Era a mesma cor do quarto de Julian. Chacoalhei a cabeça, tentando escapar de todos os rasgos sentimentaloides que queriam ocorrer. Era um quarto de motel, notei. Claustrofóbico, mas até que não importava. O colchão perdoava o empobrecimento, o colchão era refrigério. Do lado da cama encontrei minha mala, minha caixa de fotos e minha maleta preta. Dentro delas havia perigo, mas isso não precisava vir à tona. Chamei Hank, mas ele não se mexeu. Fui para perto dele e falei mais alto. Devagar, ele foi acordando. Com os olhos ainda fechados, limpou a baba da boca com o antebraço. Espreguiçou-se, fazendo força para não deixar os olhos grudados. De alguma forma, eu sentia vontade de agradecer a ele, mesmo que não soubesse exatamente pelo quê. O desejo vinha do estômago: não era indigestão, então só podia ser gratidão.

— Nossa... — ele disse ainda sonolento. — Tu acordou! — Esticou os braços bocejando. Sentei-me na beirada da cama e o esperei despertar. Ele se ajeitou na poltrona e limpou a boca. — Tá tudo bem, *baby*? — Sentou-se ao meu lado. Não respondi. Tentei encontrar um assunto para bloquear a pergunta incalável, mas fiquei calada. — Ei, foi mal... Tô rateando. Já vou voltar pra real... — Ele foi ao banheiro e escutei o barulho da água que devia estar lavando seu rosto exausto. — Ei, *baby*! Eu tava num *atucanis* que tu nem imagina!

— *Atucanis?* — perguntei.

— Numa atucanação... Aquele episódio foi brabo! — respondeu voltando para o quarto e se sentando novamente na poltrona.

— Que lugar é esse?

— Relaxa! Tu tá sob a proteção do Mestre Hank. — Ele sorriu, fazendo charme. — Brincadeira. Te trouxe pro Opallão pra poder descansar. A gente sempre vem nesse motel, o dono é dos nossos. Tu tem sorte que eu tava indo pra casa da Kátia com o meu amigo que ia rabiscar os trastes. O pai do cara é médico, então ele saca de uns lances. Foi ele quem cuidou de ti. Tu não lembra de ter acordado e contado o que rolou?

— Não... Não mesmo! — respondi. Fiquei confusa, sobrecarregada. Levantei e rodei pelo quarto tentando encontrar algum resquício de lembrança. Abrir a boca para falar não era minha especialidade. — Como ele era?

— Branquelo, todo tatuado, maquiado. Carregava uma maleta e umas pastas na mão. — Hank interrompeu o momento sério e me olhou com a expressão de um menininho prestes a aprontar. — Que tal a gente se rabiscar? — Nem me esperou responder e logo se animou. — Beeei... Eu tive uma ideia. Vou escrever "É só carne" no meu braço. — Ele havia voltado a falar besteiras e a me fazer rir sem nem ao menos ter acordado direito. Mal me lembrava de que algo nele havia me desiludido.

— Boa sorte... — desejei sem muita convicção. Olhei para o lado da cama e senti falta de algo. Fiquei assombrada quando, tardiamente, ouvi meu coração bater, e notei o que era. — Cadê meu gato?

Hank se levantou da poltrona com um ar misterioso. Era como se escondesse um segredo, como se imediatamente tivesse que improvisar uma resposta. Eu via pena em seus olhos. Pena da minha pergunta vendada, mas como poderia dizer que sabia de algo? A situação me remetia ao terrível episódio que havia acontecido alguns meses antes. As palpitações faziam-me lembrar do terrível acidente. Por um segundo veloz, pude até sentir o cheiro do fogo novamente. Parecia que eu sempre seria a última a descobrir a verdade, mesmo que fosse sempre a primeira a senti-la.

O maior mistério da vida estava em desvendar as coisas que eu já sabia.

— Tu quer descer pra beber alguma coisa? Quer dizer... O bar dali é cheio de piriguetes, mas até que dá pra aturar...

— Onde tá o meu gato? — perguntei novamente, elevando o tom de voz. Hank não conseguia falar, não tinha coragem, rodava pelo quarto minúsculo. Misturava a incapacidade de me dar uma notícia muito ruim com o dia seguinte da neurose das drogas que havia usado. Eu não queria torturá-lo e não queria sentir mais dor, então decidi me calar para nos poupar. Nós dois precisávamos de paz naquele momento. Desfrutávamos do silêncio quebrado apenas pelo barulho do ventilador.

Resolver o futuro era necessário. Alguém bateu na porta, mas quem? Hank espiou pelo olho mágico e destrancou o ferrolho. Fiquei surpresa com a figura que surgiu e compreendi a situação menos ainda.

— Garota! — exclamou o homem devasso e sujo que se apelidava de Rei. Coçava a barriga e ostentava dentes imundos. Carregava uma lista telefônica grossa debaixo dos braços. — Tu tá melhor?

— Estou — respondi sem entender o que ele estava fazendo ali.

— Nem se preocupa com nada não! Tá aqui o que tu precisa — disse jogando a lista telefônica na cama. Correspondia à cidade de Ibadah. Meus olhos estacionaram naquele grande livro. Sabiam que sabiam para que servia, mas não sabiam decifrar.

— *Baby*?
— Hank, minha memória não está funcionando — eu disse. Um silêncio atravessou meu âmago. Mais cortante do que as palavras de minha inimiga, era o silêncio destes que queriam, aparentemente, tornar-se meus amigos. O que eu havia pedido? Não sabia, mas abri a boca: — Eu pedi pra você me trazer isso?

— Pra procurar sua mãe, garota. — Meu estômago gelou. Respirei fundo, estupefata. Rei havia respondido de maneira direta e crua em uma quebra de silêncio execrável. Eu já nem lembrava mais que um dia havia tido conhecimento do nome da cidade em que ela morava. Meu inconsciente já havia bolado um plano e o pior é que era de se esperar. — Lara Max, *num* é?

— Lara Paulo Max — respondi friamente, sem entender o que eu estava fazendo. Estava tão dormente e entorpecida, que não enxergava a gravidade daquela vontade sempre presente por trás dos olhos, embora ignorada durante anos.

— Ô, garoto... Vê se tu encontra aí que eu não sou muito bom com as palavras não...

— Tá — Hank respondeu me encarando. Estávamos sentados um ao lado do outro e, dessa vez, ele segurou minha mão com muita força. Com a lista telefônica no colo, folheava as páginas freneticamente enquanto tremia as pernas mais rápido do que eu. Eu estava insegura e perdida diante da decisão que havia tomado sem meu próprio consentimento. Mas, sem dolência, permitia a invasão. A curiosidade gritava, pulsante, irreprimível. Condenada por anos ao esquecimento, finalmente havia conseguido erguer a voz. — Aqui! — Hank exclamou, apontando para um nome. Rei se aproximou com os olhos vermelhos arregalados.

— Vai atrás dela, garota? — perguntou com pigarro na garganta. Não respondi, apenas peguei a lista telefônica e a coloquei no meu colo. Meus olhos incrédulos grudaram nas pequenas letras que haviam surgido com naturalidade. Minha visão chegou a ficar embaçada, turva. Se eu esperava por algum sinal divino, ali estava ele. Estampado nas páginas amarelas como a parede, os dentes de Rei, os cabelos de Hank e o estado gasto da minha alma. Agora pronta — e que se dane — para o que a esperava sem firulas.

— Só existe uma pessoa com este nome... — falei para mim mesma. A mistura de sentimentos dentro de mim era perigosa. Tão doce quanto drinques aparentemente inofensivos que causam as piores bebedeiras e ressacas.

— *Baby*... Agora é hora de decidir se tu vai cruzar a ponte ou não.

— Cruzar a ponte... — repeti e ri, nervosa. — Mas o que devo dizer? — Os dois ficaram em silêncio. Eu sabia que se fosse mesmo ligar, precisava da solidão. Precisava do medo ao topar comigo mesma no espelho. Precisava ser consumida pelo batimento do coração, rogando para ser lançado pela boca.
— Preciso ficar sozinha.

— Eu tenho mesmo que cuidar *duns* negócio — Rei disse e caminhou até a porta em passos lentos. Pude perceber que ele esperava um agradecimento.

— Obrigada — eu disse. E ele sorriu bem grande. Como se fosse importantíssimo sentir-se útil. Como se fosse seu alimento.

— Sempre que precisar, tu pode chamar o Rei. — E saiu pela porta.

— Tu tá sendo muito corajosa. Tô orgulhoso de ti.

— Eu realmente vou precisar ficar sozinha, Hank. Preciso pensar, preciso decidir o que dizer, se vou dizer... Preciso escolher um rumo, sair deste quarto de motel.

— Não vamos nem dormir juntos? — perguntou ele com olhinhos carentes porém sedutores. Eu não soube identificar se ele estava brincando ou não. — Da última vez tu me deu um fora, mas eu ainda tô morrendo de amores por ti. — E ficou sorrindo. Sem graça, levantei para ir ao banheiro e evitei encará-lo. O frio na barriga havia voltado.

— Você ainda não me disse o que aconteceu com o meu gato — eu disse, imaginando que algo terrível havia ocorrido, mas tão hesitante quanto ele de ter que encarar a realidade do fato.

— Vou te deixar sozinha, *baby*. É melhor mesmo. Volto em algumas horas. — E saiu do quarto porcamente tentando ocultar algo.

Frente a frente com um prefácio assustador, eu me sentia empacada. Firmava os pés com birra, mas era inútil. Sabia que não conseguiria fechar aquele livro e seguir em frente, sabia que era tarde demais para retomar a consciência pura. Não tinha nada a perder, apenas mais um pouco de lealdade a mim mesma, mas isso já não me importava tanto. Ouvia barulhos excitados pelas paredes cheias de ouvidos. Parecia que a realidade que eu havia vivido antes de ir parar ali, naquele terrível presente, havia sido um sonho. Neste pesadelo eu caminhava, prosseguia.

Havia sido ensinada a estudar as situações. A planejar, a analisar todos os lados de uma história, a encontrar uma saída sempre, a ter evidências, a não falar sem ter certeza. Mesmo assim minhas mãos formigavam e pediam permissão para tirar o telefone do gancho.

Obedeci. Os dedos tremiam, discavam. A cabeça começara a latejar.

— Alô? — uma voz feminina atendeu. A minha se reprimiu. — Alô-ô? — repetiu a voz. O nervosismo me impediu, me emperrou. Recebi um tapa estalado de realidade. O aparelho retornou ao gancho impetuosamente. Meu coração não queria mesmo cooperar. Alardeava e me sacaneava. Voltei a discar, que pavor, e a mesma voz me encontrou sem hesitar. — Alô? Quem é? — Era doce essa voz.

— Lara Max? — perguntei gaguejando. A mão desocupada estava enterrada entre as coxas, as unhas queriam perfurar a pele. Os olhos estavam inutilmente fechados, e a testa franzida temia a resposta.

— Sim, quem fala? — se eu pudesse, teria segurado as lágrimas escapadiças, mas me excedi e não poderia ter sido de outro jeito. Não sabia o que dizer. Não conseguia acreditar. — Quem está falando? Isso é alguma brincadeira de mau gosto?

— Não... — falei com a voz chorona. — Eu não sei como me apresentar... Me perdoa, por favor. — E de repente minhas palavras me assustaram. Não sabia por que estava pedindo perdão. Meu excesso de emoção estava prestes a afastá-la, eu previa.

— Quem está falando? Eu vou desligar!

— Não! — gritei. — Espera um minuto, por favor. Estou pensando em como dizer o que tenho pra dizer. Sou alguém que você não vê há muitos anos... Estou nervosa.

— Hum... — Ela fez uma pausa. — Então acha que não vou me lembrar de ti?

— Não tem como. Você se lembra...

— Então fala logo, garota! Deixa de palhaçada!

— Meu nome é Clara... — eu disse. E um silêncio abominável instalou-se no ar. Estávamos mudas e eu sabia que havia refrescado sua memória. — Consegue se lembrar? Faz 27 anos que você não me vê — derramei. Estava desafiando as barreiras intransponíveis que existiam entre as linhas telefônicas. Havia um grande peso na resposta por vir. Uma expectativa caduca, decadente, que havia nascido para morrer. — Você se lembra de mim?

— Eu... Lembro... Bom... Não sei bem o que dizer... — Sua voz demonstrava um enorme nervosismo. No mínimo. — Como você está? Está precisando de alguma coisa?

— Sempre estou — disse de mau gosto, e logo me arrependi. O silêncio atacou novamente, dessa vez de maneira ainda mais constrangedora. — Não acredito que você existe. — Continuei me rendendo.

— Como é que tu é? — ela perguntou bem baixinho.

— Sei lá. — E parei para pensar sem espelho. — Estou com 27 anos e sou formada em Direito. Sou solteira, organizada, gosto de animais! Perdi minha mãe para o câncer... — E a palavra "mãe" estremeceu meu corpo. — Estou morando em Bangônia. Quer dizer, passando por Bangônia. — As lágrimas queriam me envergonhar de novo. Respirei fundo. — Não sei. Não sou interessante. Não sei nem se estou fazendo sentido.

— Tu disse que é formada em Direito? — ela perguntou com uma voz surpresa e nitidamente satisfeita.

— Sou. — respondi um pouco recheada de um sentimento prematuro. Ela parecia estar interessada.

— Que maravilha! — exclamou. Eu ri sem graça. Ficamos caladas. — Está precisando de dinheiro ou algo do tipo? — E minha empolgação logo brochou, murchou.

— Não...

— Clara, me dá seu telefone. Te ligo daqui a pouco — ela disse. Mas eu não acreditei. Como poderia? As lágrimas se embebedaram de liberdade. Dei o telefone que estava impresso no aparelho do quarto e me preparei para o adeus. — Vou ligar pra você, eu prometo.

— Adeus — falei.

— Por agora — ela respondeu. O som de telefone ocupado entupiu meus ouvidos. Me joguei na cama e não ouvi nem o ruído do ventilador. Por toda a eternidade, parecia. Por toda a eternidade.

Fui ao banheiro e me enfiei debaixo da água que apenas gotejava, soluçando. Fiquei ali por algum tempo, enquanto meus olhos me incomodavam com certa sensação de ardor. Minhas costas moídas gemiam de dor. Me molhei um pouquinho de nada. A mente ficou em branco. Nenhum pensamento. A sujeira não descia pelo ralo. O tempo estava preso no cárcere da minha imperturbabilidade perturbada. Com vergonha de mim mesma, tentei me concentrar no desaparecimento mental.

Estava de pé e quase escorreguei num monstruoso sobressalto: era o telefone tocando. Chacoalhei a cabeça para ter certeza de que não havia dormido. Quase caí novamente ao correr para fora do boxe completamente nua, pingando por onde passava. Sentei na cama. Com a mão tremendo, resgatei a esperança do gancho.

— Alô — ouvi. Era a mesma voz. Um sorriso singular e desesperado rasgou meu rosto.

— Oi!

— Clara... Eu ainda não sei bem o que te dizer, mas conversei com o Rodrigo, meu filho, e a gente quer que tu venhas almoçar conosco. — Ela parecia estar nervosa, mas tinha um bom autocontrole. — Tu disse que está em Bangônia?

— Isso. — Eu havia ficado monossilábica.

— A gente mora em Ibadah. Tu gostaria de vir?

— Sim...

— Acho que são 6 horas de ônibus ou uma hora e pouquinho de avião. Não sei como pretende vir. Posso pedir pra te buscarem quando chegar. — Ela afastou o fone e falou com alguma outra pessoa. — A Margarida pode te buscar. É a esposa do Rodrigo.

— Tá. Eu quero sim. — Mas a dúvida inevitável permanecia cruel dentro da minha resposta aparentemente decidida. — Mas... eu não tenho onde ficar.

— Vamos dar um jeito. Só venha!

— Tá.

— Anota o endereço. — Anotei ainda tremendo. — Quando tu vens?

— Vou tentar sair daqui hoje de madrugada, mas, dependendo do que acontecer, talvez eu chegue só pro jantar.

— Está certo. — Ela me deu seu outro número de telefone. Liga se precisar. Este pra qual você ligou fica na nossa biblioteca. Não ouvimos sempre.

— Tá bom.

— Achou meu número na lista telefônica, foi isso?

— Foi...

— A gente se vê, Clara. Até mais.

Não havia reação apropriada, não havia explicação. Não havia expectativas porque com os olhos fixados na parede, eu não tinha certeza de que estava realmente presente. Talvez fosse um truque da insônia, uma ilusão maldosa. Com o endereço anotado, porém, eu iria prosseguir. Caminharia em direção ao começo para encontrar o final transformando o ruído em barulheira — um monte de vozes indecifráveis que berravam ao meu alarde inutilmente.

CAPÍTULO 12
ASSASSINATO DE MIM MESMA

Eu nunca desejei a Morte, mas sempre achei que eu estava quase lá, submersa em padecimento mudo, no purgatório da minha mente excessivamente criativa, mas tão maçante quanto. Fértil a ponto de me perguntar se, de alguma forma macabra, eu estava passando por uma purificação que me levaria à Paz. Eu não era uma pecadora e mesmo assim parecia estar continuamente passando por cirurgias espirituais, transformações lastimosas, testes travessos que queriam provar que, como os outros seres humanos à minha volta, eu estava sujeita à corrupção da alma e do coração. Era inútil me manter recatada e inocente se a tragédia me encontrava em qualquer lugar a que eu ia. Somente a ignorância poderia ter me salvado.

Em períodos insones longos demais, eu cultivava o pensamento de que havia sido criada para ser destruida. No final das contas, não fazia diferença alguma ter me guardado e me preservado, porque agora estava correndo rapidamente em direção ao niilismo. Havia dois caminhos, duas possibilidades. Eu sabia que era uma curva decisiva. A abertura daquela porta desencadearia uma série de eventos necessários para o estabelecimento da minha visão em relação à vida e às pessoas. Quando a maçaneta girasse novamente com fatores determinantes, eu estaria mudada. Era uma subida ou uma descida, simplesmente. Eu estava pagando para ver.

Estava transbordando de tanto pensar, e sentia uma enxaqueca infernal. Já ciente do triste fim que Escuro havia tido, direcionava meus pensamentos com negatividade e fúria sem temer a atração das coisas ruins. Eu devia estar me sentindo esperançosa e revigorada, mas a ansiedade que balançava meu corpo na estrada doía tanto quanto a saudade – tanto quanto a cólera, que nunca esvaeceria, nunca se purificaria. Camille merecia o inferno, a tortura eterna. Era uma pessoa horrível e se deliciava com isso, mas tinha ido longe demais. Eu desejava para ela a solidão perpétua embora achasse que ela já estava vagando pelo mundo em solitude insuportável, dilacerante. Ela estava condenada agora, pois Assassinato não tem perdão. Ainda mais quando se trata de um crime cego contra uma pequena criatura que não pode se defender das maldades da raça humana. Escuro havia durado pouco, mas eu ainda não conseguia enxergar nada. Meus olhos foram poupados da constatação do seu estado, mas no breu em que eu me encontrava, eu escutava seu miado. Havia sido poupada de sua proteção agora, havia sido empurrada para o destino sombrio sem a companhia de ninguém. Como se fosse uma verificação dos meus limites, como se eu estivesse sendo testada para ver o quanto podia aguentar.

— Bah, mas tu não quer que eu te acompanhe até lá pelo menos? – Hank havia me perguntado. Eu disse que não com os olhos nus de lágrimas, porque não podia aguentar uma paixão, e sabia que era fácil demais ficar perdida dentro do seu olhar invasor. Hank tinha sujeira correndo pelo sangue, mas a pureza que reluzia em seus olhos era celestial. Eu não podia suportar ver crescer um sentimento, precisava deixá-lo. Deixá-lo trancado dentro de uma gaveta com a lembrança daquele último beijo, doce e usurpador. Deixá-lo trancado com a traição de Julian, mesmo que fosse um sentimento completamente diferente. Eu não queria mais homens. Homens ou mulheres.

— Por que você está me beijando? — perguntei, inundada por uma sensação de autopiedade. Eu não compreendia o gesto dele.

— Porque tu precisa disso — ele respondeu.

— Eu não quero que você me beije porque eu preciso!

— Tu não entendeu o recado... Eu preciso do que tu precisa.

— Então eu poderia ser qualquer pessoa?

— Não. Geralmente eu preciso do que o resto do mundo não quer.

— Por que está me beijando então?

— Porque eu preciso que tu cale a boca... — E sorriu enquanto segurava meu rosto com as duas mãos e beijava minha testa, meus olhos, meu rosto, minha boca. Sua delicadeza me machucava progressivamente. Machucava mais do que Camille e Julian, porque fazia com que eu me sentisse especial. — Tu tá se tornando uma grande guerreira. Mesmo que o seu companheiro tenha te deixado agora, deixou contigo o instinto. — Ele pausou um instante e depois continuou com firmeza: — É o que você tem, *baby*. Nós te apresentamos a escuridão e você encontrou a clareza... — Ele me virou para o espelho manchado do banheiro. — Consegue ver? Tu encontrou a Clara...

— Obrigada. — E uma lágrima escorreu dos meus olhos.

— Eu sei que mal te conheço, mas consigo te ver. Tu consegue se ver, *baby*? — Eu permanecia imóvel diante do reflexo da nossa imagem, dos traços do meu rosto que contavam histórias, das olheiras fundas abaixo dos meus olhos, que choravam sem timidez. — Não importa o que aconteceu até agora...

Olha bem pra essa imagem... Tu é essa agora. — As lágrimas continuavam escorrendo, escorrendo, e eu não as secava. — Essa Clara ainda vai mudar, mas estes são Hank e Clara pra sempre. — Ele me abraçou por trás e eu continuei chorando ainda mais, por estar sentindo carinho. — Aconteça o que acontecer, *baby*... Estes somos nós dois pra sempre. Aqui, agora, depois de toda essa tragédia, de pé na frente desse espelho sujo de motel barato. Tu entendeu? — Eu balancei a cabeça afirmativamente e quebrei meus limites ao me entregar a um longo e apertado abraço que provocou em mim uma respiração ofegante; a quase destruição total. Bateram na porta e tentei me recompor. Ardia por todo o corpo. Era Cornélio, e ele estava com lágrimas nos olhos também. Veio em minha direção e me deu um caloroso abraço.

— Nenhum de nós vai ser o mesmo depois do que aconteceu... Saiba disso. As verdadeiras faces foram reveladas e é hora de mudar. Estamos contigo nessa história. Se um dia precisar da nossa ajuda, sabe onde encontrar a gente. Fica firme — ele ordenou, como se, de alguma maneira, falasse consigo mesmo. — Friederich Nietzsche disse: "Quando se coloca o centro de gravidade da vida não na vida, mas no além — no nada — tira-se da vida o seu centro de gravidade." Lembra disso. Fica firme.

— Obrigada, poeta. — E ri com certo desespero.

— Eu tenho um amigão em Ibadah... Anotei o endereço dele pra ti. Se algo pegar, tu pode ir lá dizer que é amiga do Cornélio. — Ele me entregou um papel. — O cara é meio piradão de doce, mas tem um coração muito grande.

— Beri? — perguntei ao ler o que estava escrito no papel. Cornélio soltou uma grande gargalhada.

— Berinbrown é o nome dele — disse e sorriu com seus dentões amarelos. — Ele tem um bar chamado Superfreak! —

Eu franzi a testa. — Como a música do Rick James... — E riu novamente. — Só vai ter graça quando estiver lá. — Eu sorri. Indiferente ao tal do Berinbrown, me concentrei nos olhos de Hank, que em breve se tornariam uma lembrança.

Adeus e eu chorava...

Estava entornando água, transbordando carinho e gratidão. De maneira inesperada, eles haviam deixado uma marca permanente na minha história. Bangônia havia me ensinado sobre a desgraça da condição humana, e, com as malas prontas, eu sabia que sentiria algum tipo de saudade perversa de todo aquele aprendizado. Eu me movia com lentidão, mas me movia. Em direção ao clímax, às minhas raízes estragadas.

Margarida, por outro lado, era uma bela flor.

Quando cheguei em Ibadah — me esforçando para não alucinar de sono ou sair correndo para lugar nenhum — havia uma moça alegre à minha espera. Vibrante, digo, pois Margarida exuberava, reluzia, encantava. Usava um vestidinho verde, um chapéu de palha adornado por um lenço de bolinhas, e grandes óculos de sol. Estava me esperando segurando uma pequena placa. A situação não podia ser mais desconfortável. Minhas mãos suavam, eu não conseguia controlá-las. O estômago berrava, os olhos ardiam, a memória se confundia. A realidade não batia, eu estava imaginando aquilo tudo.

— Eu sou a Margarida! — ela disse com uma voz exageradamente excitada.

— Clara... — E estendi minha mão.

— Não seja boba... Me dá um abraço! — E, sem mais nem menos, ela invadiu meu espaço. Eu nem a conhecia. As coisas já estavam tomando o rumo da irracionalidade. — Eu sou a esposa do Rodrigo, seu irmão! – ela exclamou sem hesitação. Arregalei os olhos, olhei em volta. Sentia vertigens no meio de tanta gente indo e vindo, indo e vindo, indo e vindo de lugar algum. A espontaneidade de Margarida machucava meus olhos como se eu estivesse olhando diretamente para o sol em um dia quente de verão. – Qual é o seu signo? – ela perguntou, enquanto me ajudava a carregar a bagagem imensamente pesada.

– Câncer. E o seu? – perguntei para não ficar chato.
– O que você acha?
– Não sei...
– Tenta adivinhar!
– Acho que se eu entendesse de astrologia, poderia acertar. Mas não entendo, desculpa...
– Ah, que pena! Astrologia é tudo! Deus está nas estrelas! Acho que é muito mais importante saber o signo do que o nome ou a idade de uma pessoa. – Sorri. – Eu sou sagitariana! – ela continuou. – Você sabe... Metade humana, metade animal. Lançando uma flecha ao infinito... E essa coisa toda... – Ela andava rápido enquanto falava sem parar. Algo em sua superabundância me lembrava do antigo espírito de Camille na faculdade. Afastei o pensamento e tentei me entrosar. Estava nervosa de maneira desgastante, não conseguia manter a concentração por muito tempo.

– E seu marido, qual é o signo dele?
– O pior de todos: virgem!
– E por que é o pior de todos?
– Virginiano é foda! Exigente, ciumento, organizado, analítico, egocêntrico... – Caminhávamos para o estacionamento. A rodoviária estava lotada por algum motivo. – O pior de tudo é que meu ascendente é virgem, então sou dois opos-

tos loucos presos em um corpo só — ela disse e riu com exagero. — E o ascendente dele é sagitário! Louco demais, né?
— É...
— Tipo... Ele é um cara muito exigente, mas sabe me fazer feliz.
— Então tá tudo certo... — eu disse sem muito interesse.
— Você quer que eu te descreva?
— Vai em frente! — respondi sem muita convicção.
— Bom... O canceriano se alimenta da energia... É mais ou menos uma troca entre a pessoa e o ambiente em que ela está. É um signo muito sensível... Muito leal também... Sonhador, intuitivo. É bastante frágil, se protege muito de tudo com medo de que vá perder sua segurança. A ligação com a família é forte, por isso é importante que você tenha vindo. — Ela sorriu como se estivesse muito feliz por mim. — Vai ser ótimo pra você! Se precisar de alguém pra conversar, pra contar seus medos... Saiba que pode contar comigo! Quer dizer... Droga! Cancerianos não contam seus segredos, como fui esquecer? Lembram de tudo, vivem remoendo o passado, mas não se abrem facilmente!
— Nossa... — exclamei e paralisei. — Não faz nem 5 minutos que você me conhece e me descreveu perfeitamente. Como fez isso?
— Perguntando seu signo, ora! Falei que era mais importante do que o nome e a idade, não falei? — Ela sorriu com orgulho de si mesma.
— Nossa... — Eu estava realmente chocada. Margarida me conquistou facilmente, devia ser uma característica sagitariana. Hank devia ser sagitariano também. Até pensei em ligar para perguntar, mas desisti, era idiotice. — E a Lara? — perguntei, não resisti.

— A Lara é leonina... Mulher forte, exigente, decidida... A rainha da floresta...

— Câncer se dá bem com Leão?

— Tem tudo pra dar certo, viu? É o encontro do Sol com a Lua... Os dois são muito honestos e fiéis... — Ela sorriu novamente de maneira escancarada. Senti um intenso frio na barriga que depois percorreu todo o meu corpo. Havíamos chegado ao carro, e, enquanto Margarida colocava minhas bagagens no porta-malas, eu me olhei no espelho. Precisava de maquiagem, de vida. Me sentia murcha, algo estava faltando. Ouvia um miado dentro da minha cabeça e mantinha a respiração — inspirava e expirava. Tentava me manter controlada, mas a expressão assustada no meu rosto me entregava. Estava apavorada, desesperada, não tinha como disfarçar. Havia esperado tanto por aquele momento, que não sabia mais se queria estar ali. Eu o tinha vivido tantas vezes na minha cabeça, que me sentia exausta. Olhava pelo retrovisor, um gesto costumeiro, e pensava em Hank. Melhor pensar no beijo dele do que no da Camille, concluí. Margarida estava falando comigo e eu não ouvia. Percebi sua boca se mexendo no mesmo instante em que notei que o carro já estava em movimento.

— Você tá bem?

— Eu não durmo muito bem... Estou cansada... Desculpa...

— Você já experimentou Rohypnol?

— Não, eu não tomo remédios.

— Não consegue dormir e não toma remédios? Como pode? — perguntou. Ela tinha razão. Seu raciocínio era rápido, eu é que era uma lesma.

— Não sei...

— Você já foi ver um psicólogo, um psiquiatra?

— Não... Na verdade não...

— Menina, o que você está fazendo aí parada? Tá tudo caminhando, mudando, passando! — Fiquei em silêncio. Podia percebê-la me olhando com um ar de preocupação. — Gosta de Led Zeppelin? — perguntou ao colocar um CD para tocar.

— Gosto — respondi.

— Ah, tá. — E deu uma risadinha. — Achei que você ia dizer que não conhecia. — Não contestei, eu estava mesmo sempre por fora. — Qual é sua música preferida?

— "Stairway to Heaven" — respondi sem hesitar.

— A mais triste! Escolhe outra! — Eu não sabia o nome de nenhuma outra. Aquela música havia sido trilha sonora de noites e noites de saudades asfixiantes. De repente me lembrei da frase de Nietzsche que Cornélio havia citado. Eu estava sempre focada demais no universo do além. — Vou botar "Black Dog"! — ela exclamou enquanto a inconfundível voz de Robert Plant começou a cantar. Aquilo tudo era familiar demais, mas, por um minuto, eu me senti bem. Led Zeppelin faz todo mundo se sentir bem. O vento soprava nos meus cabelos, a estrada à frente era longa e macia.

— Estamos longe?

— Aham... Mas isso é bom, não é?

— É! —

— Pois é... Por que você acha que logo eu vim te buscar? Sinta-se em casa, cara. Todos estão ansiosos pra te ver! Você nem imagina!

— Jura? — perguntei de maneira sensível, canceriana.

— Você me parece ser uma boa pessoa. Não existe ódio e rancor nesse seu coração, existe?

— Não — menti.

— Então vai ficar tudo bem... A Lara ficou muito surpresa com a sua ligação, é lógico, mas depois de conversar com o

Rodrigo, eles decidiram que o melhor era convidar você pra passar uns dias com a gente. Eles querem te conhecer e acho que você também deve estar a fim de conhecê-los. Então relaxa, respira fundo. Temos uma hora de estrada e podemos falar sobre o que quisermos. — Eu respirei, fechei os olhos e senti a intensidade daquele momento inusitado e vigente.

— Obrigada.

— O que você faz da vida? — ela continuou após retirar o CD do rádio quando a música terminou.

— Sou formada em Direito, mas no momento não estou trabalhando...

— Ah, nem me fale! Sou formada em Comunicação e também não estou trabalhando. — Ambas rimos. — Agora eu canto... E você?

— Eu... penso. — Rimos novamente. — Você tem uma banda?

— Banda entre aspas, né? Eu toco em pequenos bares da cidade com uns amigos... Mas não é nada de mais, sabe? É só pra enganar a insatisfação da minha alma sagitariana! O Rodrigo acha que eu preciso voltar a trabalhar, mas ele só diz isso porque quer ser O Cara das Artes, o Menino de Ouro!

— Menino de Ouro?

— É, sei lá... Por causa do filme... Um treco assim... Tem uma frase que ele sempre repete: "Se existe magia em lutar além dos limites da resistência, esta é a mágica de arriscar tudo por um sonho que ninguém enxerga, só você."

— Muito bonito. — Eu me identificava. — Mas o que quer dizer? O que é o Menino de Ouro?

— Basicamente uma fantasia megalomaníaca da cabeça virginiana dele...

— O que ele faz?

— Pinta, escreve, desenha... Somos todos artistas, odiamos equações e regras... O Rodrigo principalmente! Nunca vi alguém odiar matemática tanto quanto ele. Houve uma época em que estávamos atolados em dívidas e ele pirou, ficou obcecado por equações, dizia que os números estavam mudando de forma para enganá-lo! Uma loucura! — concluiu enquanto pegava outro CD de dentro de um case. — Vou botar Terry Reid agora, certo? — Concordei sem conhecer a banda. — Você sabe quem ele é?

— Não... — E ri sem graça.

— Então... O Jimmy Page convidou o Terry Reid pra ser vocalista da banda que ele estava montando na época, o Led Zeppelin. Ele então indicou o Robert Plant, de quem tinha se tornado fã por ter assistido a um show da banda dele, a Band of Joy.

— Muito bom — comentei ao ouvir a música que já havia começado a tocar.

— Essa se chama "Seeds of Memory". É minha preferida.

Senti que eu e Margarida poderíamos nos tornar grandes amigas e isso já me aliviava. O cenário montanhoso me proporcionava um pouco de paz de espírito. Momentaneamente, no movimento do carro, fiquei bem.

— Quer saber da grande notícia? — ela perguntou com um largo e expressivo sorriso no rosto.

— Que notícia?

— Estou grávida! — exclamou ela placidamente.

— Nossa! Parabéns!

— Demais, você não acha? Já estou no segundo mês! Tomara que nasça antes do dia 21 de abril, pra ser ariano!

— O Rodrigo está feliz?

— Ah, acho que sim. Não é sempre que ele demonstra os sentimentos, sabe? Quer dizer, acho que pra outras pessoas ele demonstra, mas eu preciso de mais, sabe? Sou intensa...

Alguns minutos se passaram e já estávamos quase chegando. Meu coração ficou acelerado demais e me preocupei, pois sentia dor física, real. Quando finalmente chegamos, depois de abrir os olhos — que eu havia fechado com força —, pedi para que Margarida esperasse. Ela entendeu meu pedido.

— Você sabe que é bom trabalhar com a respiração nessas horas de nervosismo profundo, né?

— Sei — respondi um pouco mais calma, tentando espiar a casa. — Chegamos?

— Chegamos — ela disse enquanto analisava meu rosto. — Vai dar tudo certo, você vai ver!

— Tá bom... — respondi tomando um grande gole de ar e percebendo que o céu estava finalmente escurecendo. Saí do carro. O momento se aproximava em câmera lenta, enquanto eu focava apenas em detalhes. Não podia correr, não podia voltar — eu estava preparada. Nunca o suficiente, mas preparada. Olhava para o chão. Havia me tornado uma guerreira, tinha minha intuição, mas mesmo assim olhava para o chão. As vibrações apontavam para a melhora, porém, elas apontavam para o prefácio de uma tranquilidade que pedia para se instalar permanentemente. Estava cansada de aventuras, mas não podia afastá-las. Havia chegado a hora de enfrentar meu maior medo.

Nem guerrilheiros temiam tanto quanto eu.

Margarida estava tirando minha bagagem de dentro do porta-malas quando percebi dois olhos negros e imponderáveis me espiando pela brecha de uma cortina fechada. Engoli em seco, desviei o olhar e ouvi o barulho assustador de chaves chacoalhando. Respirei. Rezava baixinho. A porta estava prestes a ser aberta e...

— Clara?

Foi um momento único. Eu havia rompido uma barreira que havia perdurado por anos, e todos os meus ossos estavam congelados. Uma senhora elegante estava de pé na entrada da casa amarelada com uma expressão ansiosa. Seus braços estavam cobertos por um *tailleur* cinza-chumbo requintado e cruzados como se quisessem esconder a tremedeira também aparente em suas pernas, vestidas por uma meia-calça cor de pele. Eu não conseguia deixar de reparar nos detalhes enquanto me mantinha vergonhosamente paralisada no mesmo lugar, sem dizer uma palavra. Éramos realmente parecidas, notei, e dei um passo para a frente. Era o formato de sua boca ou de seu nariz que me lembravam do meu próprio rosto. Ou, de repente, seus olhos pequeninos e cor de mel. Eu me sentia esquisita, flutuante, porém refrescada. O vento soprava sem piedade.

— Lara? — tive coragem de dizer depois de uma pausa que pareceu durar uma eternidade. Meus passos lentos e tímidos davam a impressão de que eu estava hipnotizada. Eu avançava sem minha própria permissão e, quando notei, era em seus braços que me encontrava. Encaixava-me em seus ombros reconfortantes como um bebê recém-nascido e apertava os olhos com força. Sentia seu cheiro e tinha vontade de chorar. Parecia cheiro de talco. Ela não derramava lágrimas, portanto eu também não. Segurando-me levemente pelos ombros, começou a examinar meu rosto. O sobejo de emoção era nítido, apesar de ela apostar na prudência. Certamente queria expor tranquilidade, e eu não podia culpá-la. Se permitisse que meus sentimentos retirassem a máscara, tornaria a situação muito mais difícil. – Obrigada por me receber. – Eu falei só por falar. Ela sorriu só por sorrir.

– Margarida, você precisa de ajuda com as malas? – ela perguntou, ainda segurando um dos meus ombros.

– Desencana, podem entrar. Eu levo tudo.

Caminhei com cuidado, pois tinha a impressão de que estava pronta para cair. Ao chegar ao cômodo principal, que parecia ser a sala de jantar, me deparei com um homem jovem.

– Este é o Rodrigo – disse Lara.

Ele estava no topo de uma escada e descia lentamente, de maneira um pouco lúbrica. Meus olhos encontraram os dele, que agora pareciam familiares. Eram os olhos negros que me espreitavam pela brecha. Senti ainda mais frio na barriga. Havia uma enorme tensão no ambiente, mas Rodrigo não parecia senti-la. Quando chegou bem perto, abriu um largo sorriso e me abraçou. Não posso dizer que retribuí sua empolgação, pois me sentia, naturalmente, desconfortável. A maneira com que todos queriam me deixar à vontade gerava certo constrangimento. Eu mal acreditava que estava acordada e meus olhos ainda insistiam em contemplar o chão coberto por um carpete bege.

Margarida trouxe minhas coisas para dentro e as colocou em cima de um degrau na escada.

– Mas tu vai pôr as coisas na escada assim? – perguntou Rodrigo.

– Qual é o problema?

– Não se coloca nada no chão – ele disse enquanto se posicionava ao meu lado e colocava um dos braços fortes em volta de mim. Ainda mais desconforto se instalou em meu corpo.

– É mesmo – concordou Lara. – Coloca no sofá, Margarida. – Ela obedeceu enquanto lançava um olhar suspeito. Não parecia gostar de receber ordens. — Imagino que esteja cansada, Clara. Margarida vai te mostrar o seu quarto pra tu poder tomar um banho relaxante de banheira. Quando estiver pronta, desce pra comer.

— Tu bebe? — Rodrigo perguntou ao abraçar sua mulher por trás.

— Vinho — respondi enfiando as mãos suadas no bolso de trás da calça.

— É das nossas! — exclamou Margarida ao bater palmas com grande entusiasmo. Logo sua expressão alegre murchou.
— É... Pena que eu não posso beber. — E sorriu.

— Ainda bem que tu se lembra! — disse Lara com uma expressão azeda. Havia tensão no ambiente sendo empurrada para debaixo do tapete, eu sentia. Podia estar alucinando, porém. Minha temperatura estava completamente elevada e eu já ansiava pela inércia do banho de banheira. Precisava respirar fundo e enterrar a cabeça na palma das mãos. Precisava enxergar luzes coloridas no escuro para poder entrar em contato com meus pensamentos, que estavam confusos demais. Precisava de um espelho para ter certeza de que estava realmente dentro do meu corpo.

Nunca se sabe.

As remelas começavam a se formar. Dentro da banheira cercada por pálidos azulejos, meus olhos queriam ficar grudados. Eu permitia que viajassem para o inconsciente, mas até no submundo dos meus pensamentos havia preocupação. Meu corpo acordava sozinho, depois de alguns minutos em descanso, e eu me lembrava novamente de onde estava. Parte de mim queria dormir na água quente, parte de mim queria descer e começar a fazer perguntas incansáveis para Lara. Corajosamente eu deixava que a letargia tentasse vencer só para que se tornasse perdedora. Deixava que a água em ebulição relaxasse meus músculos contraídos e que o corpo fadigado praticamente implorasse para deixar de existir.

Um espelho desavergonhado posicionado atrás da porta fazia com que eu me deparasse comigo mesma, porém. Era a mesma imagem de sempre, mas parecia diferente: um personagem. Era a mesma imagem de sempre, mas não tinha impedimentos, não tinha remorsos, não tinha algemas. Eu havia me distanciado dos pensamentos abafados e enervantes, mesmo que estivesse sem forças físicas. A largada havia sido dada. Eu queria somente correr em direção ao rompimento das barreiras restantes para ter a volúpia de testemunhar a falência total do meu antigo reflexo — o de vítima passiva. Estava contente em ter ajudado a desconstruí-lo durante os percalços da estrada que havia percorrido. Sentia grande excitação ao pensar que estava participando de um assassinato de mim mesma. Minha respiração evidenciava os momentos angustiantes que haviam sido socados e se atado ao meu coração, mas que não se refletiam no espelho. Olhando de longe, eu nem parecia sofrer.

Um dia se está sonhando, no outro é realidade.

CAPÍTULO 13
O MENINO DE OURO

Porta-retratos orgulhosos ornamentavam a sala bem decorada. Fotos de Rodrigo em diversas idades estavam espalhadas por todos os cantos como se fossem troféus. Era ele que assobiava na cozinha e preparava a comida. Lara arrumava os talheres e os pratos na mesa de maneira meticulosa e quase obsessiva. Quando desci as escadas, silenciosamente, minha presença nem foi notada. Ao ouvir um som alto vindo do andar de cima, resolvi segui-lo para encontrar Margarida.

Tomei um susto quando a encontrei dentro de seu quarto, sentada em frente à tela de um computador, rindo sozinha. Seu cabelo, que antes era castanho e de comprimento médio, agora estava loiro e comprido. Ela se virou e falou:

— Entra! Eu estava aqui lendo sobre o ano que vem. Estou feliz porque vai ser regido por Júpiter!

— Seu cabelo não era diferente? — perguntei no impulso. Ela deu uma gargalhada gostosa.

— Este aqui não é meu. Quer dizer... É, porque eu comprei. Não é massa?

— Pior que é — concordei. O cabelo não parecia mesmo ser sintético e era de boa qualidade. Enquanto ela falava com seu jeitão tagarela de ser, reparei que o quarto estava coberto por belas pinturas. Pinturas para lá e para cá, por todo canto pinturas. Tanto em quadros quanto diretamente nas paredes. Desde retratos até imagens de dinossauros. Voltei a me concentrar em ouvir Margarida falar para não levantar e começar a fuxicar a grande suíte.

— Fiquei muito puta com a cabeleireira que cortou meu cabelo. Pedi pra ela tirar dois dedos, e não é que a mulher me arrancou mais de um ano de cabelo? Deu vontade de matar! Eu simplesmente detesto cabelo curto, tenho nojo. Então tenho usado umas perucas pra passar o tempo. Também tenho medo de pintar o cabelo durante a gravidez. — Achei seu desabafo exagerado porém engraçado, como tudo que dizia.

— Acho que você fica mais bonita loira.

— O Rodrigo não.

— O que estão falando de mim? — uma voz perguntou repentinamente. Ele estava parado na entrada do quarto de casal. Eu ainda não sabia se ele tratava Margarida de maneira adequada. Minha primeira impressão era de que ele parecia querer controlá-la, ou de que não demonstrava respeito. Talvez estivesse insatisfeito com a gravidez.

— Nada não, amor — ela respondeu sorrindo. Ele veio em sua direção, beijou-a na boca e, em seguida, olhou para mim com seus olhos enormes.

— Eu tenho a mulher mais linda do mundo, não tenho? — perguntou. Tudo bem, eu podia estar errada. Não respondi, só observei. — Precisa é parar de usar essas perucas baratas.

— Eu não disse?

— Sua chatinha! — ele disse ao aplicar-lhe um golpe de cócegas.

— Desçam agora, crianças! — Lara gritou do andar de baixo. — A comida está servida! — Tomei um susto ao ouvi-la nos chamando assim e obedeci imediatamente.

Olhá-la nos olhos era uma tarefa complicada, mas eu estava disposta a fazê-lo uma hora ou outra. Antes de permitir essa invasão, porém, eu sabia que meus ouvidos precisavam ser presenteados com algumas respostas muito aguardadas. Eu tinha pressa, sim, mas conseguia ser paciente. Havia me surpreendido ao destemer a penitência e estava curtindo o novo sentimento. A tristeza podia até tentar me domar através da minha quietude medida, mas o meu silêncio era somente por eu não ter com quem dividir as minúcias daquela experiência extraordinária. A vontade que eu tinha era de espalhar diversas câmeras pela casa para poder assistir repetidamente àquele momento de ousadia.

— Espero que gostem da comida — disse Rodrigo enquanto servia vinho tinto nas taças. — É frango ao molho de abóbora cabocha e requeijão. De sobremesa ainda tem o sorvete de abacaxi com creme de leite condensado que eu tinha feito pra Margarida.

— O Rodrigo é um menino muito prendado — Lara comentou e tomou um gole de vinho. — Devemos contar a notícia, não? — perguntou.

Margarida deu uma risada levada e logo se pronunciou:

— Eu já falei que vamos ter um bebê! — Seus olhos brilharam daquele jeito que só os olhos das grávidas brilham.

— Tá louco! Tu é rápida no gatilho, hein, mulher?

— Ah, amor... Não me segurei — disse e deu uma garfada na comida. Houve um silêncio esquisito e Lara começou a puxar assunto.

— Ô, filho... A Clara é formada em Direito, sabia?

— É mesmo?

— É — respondi ainda acanhada, enquanto limpava a boca com um guardanapo. — Mas não estou praticando... — Tomei um grande gole de vinho e logo mudei o foco do papo. — Esses quadros pela casa são todos seus, Rodrigo?

— A maioria. Eu pinto há muitos anos. Este quadro atrás de ti, por exemplo, foi feito a óleo. É um retrato do meu irmão que faleceu. — A explicação me incomodou, era uma nova descoberta. Pude perceber que não era a única que havia sentido um mal-estar. Lara ficou cabisbaixa e Margarida procurou desembaraçar-se do pigarro na garganta. — Só não é mais triste do que aquele ali. — Continuou e apontou para um quadro colorido e alegre que estava distante demais para que eu pudesse enxergar. — Nele tu pode ver um grande desastre. Uma tragédia... — Franzi os olhos para tentar tornar nítida a imagem, mas continuei com a visão embaçada. — É a Margarida cozinhando! — ele despejou. Todos riram. Rodrigo certamente soube mudar o clima que havia criado.

— Ah, mas que maldade! — ela disse ainda gargalhando de si mesma.

— Amor, tu se lembra de quando tentou fazer uma lasanha no meu aniversário e acabou esquecendo de retirar o plástico de uma das camadas? — Todos riram ainda mais, mas Margarida protestou.

— A lasanha ficou ótima. Foi só tirar o plástico!

A expressão arteira de Margarida logo perdeu a energia. Não era difícil notar que ela se sentia mal por estar bebendo água. Pude perceber que ela passara a olhar fixamente para a garrafa de vinho enquanto mordia os lábios. As taças do restante, porém, não ficavam vazias nunca. Lara já havia colocado na mesa mais uma garrafa. As piadas continuavam rolando e Margarida também se aventurou algumas vezes. A atenção, porém, sempre acabava sendo de Rodrigo. Ele proporcionava mais risadas do que o restante. Possuía um grande magnetismo e Lara parecia transbordar de altivez. Eu ainda me resguardava, mesmo que não faltasse vontade de tagarelar também. De vez em quando percebia Lara observando meu rosto. Ela rapidamente desviava o olhar quando eu fazia algum movimento que sugerisse que eu estava ciente de sua observação esmiuçadora.

— Tu e Rodrigo se parecem um pouco — ela declarou, subitamente. Fiquei tensa.

— Verdade — ele concordou. — Nós dois sabemos que quando se acaba de comer, deve-se colocar os talheres sobre o prato. — E riu sarcasticamente, olhando para Margarida. Ela havia deixado seu garfo em cima da mesa.

— Você adora pegar no meu pé, né?

— Só porque eu te amo, minha coisinha linda.

— Deixa eu te interromper, filho. Alguém já contou pra Clara que vamos ter um almoço amanhã? — Rapidamente fiquei preocupada. Nenhum dos dois respondeu. — O pai da Margarida vai chegar, e mais alguns convidados vão vir também. Queremos comemorar a chegada do neném com um banquete. — Eu não disse nada. Não gostava de alguns comentários de Lara. Parecia que ela esquecia que não havia comemorado minha chegada ao mundo. Evitava aprofundar o pensamento, porém. Caso contrário estragaria tudo. As coisas até que pareciam estar caminhando bem. Mesmo que estivessem acontecendo de maneira muito diferente da que eu havia imaginado.

— Se precisar de alguma roupa emprestada, pode pedir — disse Margarida bondosamente.

Depois que comemos a sobremesa e jogamos mais conversa fora, passeei pela casa para conhecer os porta-retratos e admirar os quadros. Procurava por algum indício do meu pai, mas não encontrava. Ainda não era hora de perguntar e eu nem sabia se eventualmente seria. Aguardava pelo momento em que Lara me chamaria para conversar e me contaria sobre sua vida. Gostaria de perguntar sobre sua adolescência, sua gravidez, suas decisões, seus conflitos, minha saúde, meu pai. Quase abri a boca para pedir um pouco de seu tempo, mas após o jantar ela se retirou e avisou que iria tomar um remédio para dormir sem interrupções. Disse que muitas brigas estavam vindo da casa do vizinho ultimamente, e que não tinha mais paciência para discussões.

— Vou tentar consertar o gotejamento da torneira lá do andar de cima. Durma bem, mamãe — Rodrigo disse carinhosamente.

— Tu também, meu menino de ouro.

Mas eu não. Sua menina de merda.

CAPÍTULO 14
SONÂMBULA

Um susto interrompeu o milagre. Acordei com a impressão de que havia ouvido um grito agudo e logo entrei em contato com o desespero do meu coração. Com apenas os olhinhos para fora da coberta, dei uma espiada no quarto. O lugar ainda era desconhecido e não havia ninguém ali. Fechei os olhos novamente e tentei vasculhar minha mente – quem sabe, se me esforçasse bastante, conseguiria me lembrar do pesadelo que provavelmente havia tido. Escutava meu batimento cardíaco acelerado e imaginava grandes tambores. Tambores que anunciavam alguma coisa. Não conseguiria mais adormecer, era óbvio. Havia demorado horas para conseguir e todo tipo de pensamento havia me apoquentado durante o processo.

Limpei as remelas que haviam feito meus olhos grudarem e me senti enjoada, com um gosto repugnante na boca. Era o sono implorando para se estabelecer. Lutava contra a compulsão costumeira de permanecer desperta. Mudei de posição e tentei me enterrar.

Ouvi o batimento novamente, mas não vinha de dentro do meu peito. Sem pensar, meu corpo logo levantou amedrontado, sobressaltado. Ficou rijo e recostou-se sem certeza de que eu havia mesmo ouvido alguma coisa. Novamente. Eu não estava alucinando. O barulho vinha do andar de baixo e, para minha surpresa, parecia ser alguém batendo na porta. Por via das dúvidas, resolvi levantar. Principalmente para esticar as pernas, que estavam com câimbra. Elas realmente doíam. Parecia que eu havia feito horas de exercícios físicos pesados.

Desci as escadas na ponta dos pés e com uma dor inacreditável nas pernas. Respirava fundo. Lembrei que Lara havia tomado um remédio antes de se deitar e me senti menos nervosa. Não queria esbarrar com ninguém. Com a curiosidade me guiando, cheguei à sala de jantar. No escuro, vestida de branco, resolvi esperar pela manifestação do barulho. De maneira doentia, eu torcia por algum acontecimento. Talvez já viciada na adrenalina, preferia ficar à espreita do que voltar para a cama.

Eu estava certa; alguém bateu na porta novamente. Pensei se devia perguntar quem era e fiquei parada, atônita. Reconheci um rosto ao olhar pelo olho-mágico e dei um passo para trás. Meu susto só cresceu com o barulho da campainha, que surgiu sem aviso. A palpitação misturou-se com os calafrios e tomou conta de mim. O novo ruído vinha das escadas: Rodrigo surgiu descendo apressado.

— Tu também ouviu? — ele me perguntou com um olhar vacilante e a respiração acelerada.

— Ouvi.

Ele olhou pelo olho mágico e, sem hesitar, tratou de destrancar a porta. Um senhor magricelo e caquético segurava Margarida nos braços com dificuldade. Fiquei impressionada. Ela estava de calcinha e sutiã e seus olhos estavam fechados. Os do senhor estavam arregalados e sua expressão não era nem um pouco amigável. Suas olheiras cobriam metade do seu rosto enrugado. Rodrigo puxou a mulher dos braços do homem.

— Tua mulher tava perambulando em volta da minha casa de novo! — ele declarou cheio de antipatia. — Se isso acontecer mais uma vez, vou ser obrigado a tomar providências! Fui claro?

— Senhor, ela é sonâmbula. E está grávida.
— Senhor não! Meu nome é Camargo e eu tô cagando! Quero que fiquem longe da minha propriedade! — gritou colocando o dedo na cara de Rodrigo. — Já basta o incômodo que temos de noite! É um absurdo eu ter que carregar uma mulher pesada até a sua casa! Não tenho idade pra isso!
— Nós entendemos, senhor Camargo... — E, antes que Rodrigo pudesse concluir, ele saiu andando com uma perna manca. — Espantoso! — comentou.
— Devemos acordá-la? — perguntei ao observar o rosto angelical de Margarida.
— Não, não. É muito perigoso acordar um sonâmbulo. Vou colocá-la de volta na cama. Ela não vai se lembrar de nada amanhã. Tu não consegue dormir?
— Eu tenho insônia.
— É... É de família mesmo. — E riu. — Eu não vou conseguir dormir de novo. Tu não quer beber um vinho comigo pra instigar o sono?
— Quero — respondi.
Rodrigo voltou do quarto, pegou uma garrafa de vinho e duas taças e me levou a um pequeno escritório com uma biblioteca. Sentamos em um sofá e novamente fiquei a admirar os quadros que reluziam no cômodo. Ele se encostou em mim e colocou os braços em volta do meu pescoço.
— Tu não sabe o calafrio que esse tal de Camargo me dá, guria...
— Ainda bem que não resolvi abrir a porta. Escutei alguém batendo enquanto estava dormindo e desci pra ver o que era. — Tomei um gole que se misturou com o gosto azedo que já tinha na boca. — O que ele quis dizer com o incômodo que tem durante a noite?

— Eu não sei dizer pra ti. Só sei que sempre escutamos gritaria vindo da casa desse gurizão. Por isso mamãe tem tomado remédios. Ela acorda assustada, assim como tu acordou.

— E a Margarida? Sempre tem esses episódios?

— Às vezes, mas é raro. Acho que ela está muito tensa por causa da gravidez. Também porque parou de beber, na verdade.

— Entendo...

— Eu fico assustado pra cacete. Dizem que os sonâmbulos são espíritos se transportando, e que veem outros espíritos. — Ele terminou uma taça de vinho em um gole só e eu senti um frio na barriga. — É a segunda vez que ela se levanta e vai direto pra casa desse senhor Camargo.

— O que você quer dizer?

— Olha... Nem eu sei. Só sei que desde que esse cara se mudou pra casa ao lado, a Margarida voltou a ter episódios de sonambulismo.

— Você está me deixando com medo!

— Bom... Seja bem-vinda! — E bateu sua taça na minha. Eu ri. — Não, seja mesmo bem-vinda. Estou contente por estar aqui. — Abaixei a cabeça com vergonha. Ele segurou meu queixo e olhou dentro dos meus olhos. — Tu vai ficar bem aqui, não vai?

— Aham — respondi incomodada com seu toque suave em meu rosto. Ele era bonito demais para ser meu irmão.

— Vamos dormir? Amanhã vai ser um dia longo!

E foi amanhã que acordei.

CAPÍTULO 15
O QUE IMPORTA É A APARÊNCIA

Fiquei surpresa quando abri os olhos. Deixei um sorriso enorme escapar. Abri a janela e dei de cara com o sol que dourava minha cabeça. Nem as dores que sentia pelo corpo podiam acinzentar aquele dia ensolarado. Fora da janela, eu conseguia enxergar alguns empregados uniformizados arrumando uma grande mesa de madeira forrada por uma toalha quadriculada. Parecia que ia ser uma festança. Ao abrir a mala para escolher uma roupa, fiquei um pouco preocupada. Não sabia como iriam me apresentar, mas esperava que apostassem na discrição. Quem sabe faria esse pedido. Assim poderia aproveitar a comemoração de maneira mais confortável. Quando pronta, resolvi sair do quarto. Passei pela frente da suíte de Rodrigo e Margarida e, ao encontrá-la se maquiando de porta aberta, resolvi perguntar se estava bem.

— O Rodrigo falou que eu saí pela vizinhança de calcinha de novo... — ela disse com certa vergonha. — Não sei o que acontece comigo, cara. Não sei mesmo. A parte estranha é que sinto que tive uma imensidão de sonhos, mas não consigo me lembrar de nada. Até hoje não sei quem é o senhor Camargo e parece que já fui parar no colo dele algumas vezes! — Com a maquiagem pronta, Margarida se levantou para pegar um de seus apliques. — Tô bonita? — perguntou com um olhar inseguro.

— Você *é* bonita!

— Tenho me sentido tão feia...
— Você ainda não deve ter se acostumado com a gravidez.
— Eu sei. Só queria poder fu... — E parou antes que terminasse a frase. — Deixa pra lá — disse e deu um sorriso. Lara apareceu na porta.
— Olha só como estão belas essas gurias! — exclamou.
— Obrigada. — Retribuí com um sorriso satisfeito. Ela se aproximou e me deu um abraço que me provocou calafrios.
— Tu tá realmente bonita, Clara. Está bem-vestida — disse, depois virou-se para Margarida: — E tu? Não vai deixar esse cabelo de plástico de lado não? — Margarida não respondeu. — Teu pai já está lá embaixo. Os convidados devem começar a chegar em 10 minutos. Vamos descer.

Minha primeira impressão não foi positiva ou agradável. O pai de Margarida tinha uma energia duvidosa, deprimente. Era rabugento, ultrajoso e obeso. Nem respondeu quando o cumprimentei. Seu rosto pálido não parava de suar enquanto pedia para a filha buscar um copo de uísque e mantinha a bunda grudada no sofá da sala. Margarida não parecia feliz com sua presença ou, de repente, com o copo de bebida alcoólica nas mãos dele. Retirou-se para a parte exterior da casa e eu a segui.

A arrumação estava impecável. Lara e Rodrigo caprichavam nos detalhes, era nítido. Um belo jarro de margaridas enfeitava o centro da mesa, e garçons uniformizados cuidavam de um pequeno bar montado ao lado. Além da grande mesa de madeira, mesinhas menores com guarda-sóis haviam sido providenciadas. Margarida trouxe um rádio para fora e colocou algum dos seus CDs de rock clássico.

Na cozinha, Rodrigo ajudava uma senhora a preparar um bife à parmegiana. Passando rápido pelo ambiente, só o ouvi falando: "O que importa é a aparência."

A festa logo ficou lotada. As amigas de Margarida foram as primeiras a chegar depois de seu pai. Elas a abraçavam constantemente e transbordavam de felicidade pela amiga grávida. Quando faziam brindes, a expressão de Margarida murchava. Os convidados foram se agrupando em diferentes mesas e me sentei com Rodrigo e Lara, que reclamava sobre a presença de alguém com quem não ia com a cara.

— O que é que esse guri está fazendo aqui, Rodrigo?

— Não sei. A Margarida deve ter convidado.

— Mas com que propósito, meu Deus? O que ela está querendo com isso?

Quando apontaram para a figura, me questionei se Lara era preconceituosa. O indesejado era um homem grande e negro com um *black power* imenso na cabeça. Sua risada era alta e exagerada, e seu visual, deveras chamativo. Usava uma calça jeans apertada, botas de couro, óculos escuros e uma camiseta social com estampa de oncinha. Faltava um dente em sua arcada superior. Ele bebia uísque e pavoneava pela festa. Margarida pendurava-se em seu pescoço e o apresentava para algumas amigas. Quando gritou meu nome, corri até ela, cheia de curiosidade.

— Deixa eu te apresentar, Clara... Esse aqui é o Beri, meu amigo do coração! Ele é um escorpiano legítimo! — Tomei um susto e perguntei em um fôlego só:

— Berinbrown, amigo do Cornélio? — Todos riram.

— Tá famoso hein, negão!

— Berinbrown ao seu dispor, minha princesa! — respondeu ele beijando minha mão. — Esse mundo é uma tôba de nêgo, né não? – Todos riram novamente. – De onde conhece meu amigo poeta? – perguntou. Pensei antes de dizer besteira.

– Eu fui visitar uma amiga que mora ao lado dele em Bangônia. Ficamos amigos e, quando vim pra cá, ele mandou que eu te procurasse.

– É mesmo? – perguntou em tom irônico. – E o que é que tu manda?

– Como assim?

– Qual é a compra da vez, princesa? Psicodelia, hard rock, paz e amor? – Continuei confusa e não respondi. – A droga, meu amor, a droga.

– Fala baixo, negão! – pediu Margarida com certo desespero no olhar. Em seguida virou-se para ver se alguém estava por perto.

– Não uso drogas – respondi, e depois voltei para a mesa de Lara e Rodrigo com grande preocupação por Margarida.

– O que ela queria? – perguntou Rodrigo.

– Fazer apresentações. Acredite ou não, esse cara é amigo de um amigo meu de Bangônia – disfarcei.

– Boa pessoa não deve ser – disse Lara ao levantar-se. Foi em direção do pai de Margarida que pedia outra dose de uísque no bar.

– Tu já deve ter percebido que minha mulher é uma viciada, né? – perguntou ele com uma indiscrição desnecessária. Não respondi. Havia levado um susto com a declaração. – Quero ver quanto tempo vai levar pros surtos começarem. Aceito apostas – falou e se levantou com uma expressão de desgosto e nojo.

Sozinha na mesa, eu analisava os convidados. Estava impressionada com a presença incessante da droga em minha vida. Mesmo que eu não fizesse uso de substâncias ilícitas, elas sempre encontravam uma maneira de afetar o ambiente em que eu vivia. O mundo inteiro parecia estar drogado.

Tomei um susto quando avistei Lara e o pai de Margarida conversando e olhando para mim. Tinha certeza de que ela estava falando sobre o assunto que eu preferia manter em silêncio. Ela me chamou e eu obedeci.

— Conheceu o Rogério?
— Aham.
— Ele está irritado porque o uísque acabou.
— Culpa desse negro! — exclamou ele com a voz elevada. — Se minha filha não ficasse chamando esses traficantes mequetrefes pras festas, nunca acabaria minha bebidinha! — Pude perceber o olhar de Lara fixado em mim.

— É impressionante como os filhos são sempre o reflexo dos pais — comentou. Fiquei incomodada e quis me retirar.

— Te dou um mês pra essa garota perder o bebê! — disse Rogério. — Se eu pudesse reverter essa situação ridícula, pode ter certeza que eu reverteria. Ah, se reverteria... — Ele deu uma risada maléfica que me deixou assustada. Lara permaneceu em silêncio em sua impecabilidade. Ajeitou a gola da blusa e entrou em casa.

Meu carinho por Margarida só crescia conforme ouvia os comentários maldosos sendo feitos em sua festa de comemoração. Aquilo tudo me deixava confusa. A falta de amor pela criança que estava prestes a ver o mundo pela primeira vez me deixava enjoada. Sentia vontade de vomitar e, naquele momento, podia ser na cara de um monte de gente ali presente.

Quando a comilança começou, todos pareciam estar embriagados. Alguns comemoravam, alguns tagarelavam sem parar, e outros, como Rogério e Berinbrown, já falavam enrolando a língua.

— Um brinde à flor mais linda deste jardim! — gritou Berinbrown cheio de empolgação ao levantar seu copo. — Que esta nova alma seja tão talentosa e maravilhosa quanto a mãe! — acrescentou. Todos brindaram e fizeram barulho, mas Rodrigo e Lara nem se mexeram. Margarida parecia emocionada e nem notou a indiferença dos dois. Rogério, que estava sentado ao meu lado, fez um comentário escabroso e enrolado em meu ouvido:

— Vamos rezar pra Margaridinha não morrer no parto como a mãe. — Engoli em seco. Sentia asco por aquele homem. Cheguei a ficar com os olhos aguados.

— Honky Tonk Blues! — Margarida exclamou com os olhos brilhando ao perceber que a música tinha começado a tocar. Ela se levantou da mesa e Berinbrown a acompanhou. Duas outras meninas também se levantaram e começaram a dançar e cantar.

— Margaridinha! O que são 1 milhão de pretos na Lua? — Berinbrown perguntou em volume máximo.

— É um eclipse total, negão! — respondeu com um sorriso transcendente no rosto, e a risada preparada para fluir por minutos.

— A comida está servida, Margarida — disse Rodrigo em um tom sério, interrompendo o divertimento da esposa. Ela o obedeceu e se sentou cabisbaixa. Os outros continuaram dançando.

— Por que tu não toca pra gente depois? — perguntou uma das amigas de Margarida.

— O violão tá sem algumas cordas... — respondeu Rodrigo.

— É verdade... — Margarida concordou.

— Podemos pintar se tu quiser...

— Não, Rodrigo. Tá tudo bem. Valeu de qualquer forma — a moça respondeu virando-se rapidamente para entrar em outro papo.

Depois que a maioria dos convidados partiu, algumas pessoas permaneceram na sala com ainda mais bebida nos copos. Pensavam em nomes para a criança e gargalhavam, comemoravam, batiam palmas, cantavam, viviam. Rodrigo participava. Berinbrown já havia partido em um belíssimo Cadillac lilás de dar inveja. Na saída, disse que eu precisava conhecer seu bar, enquanto tirava um dos pés do chão e dava uma giradinha. Entretida, concordei.

— Ah, não! Quem foi que colocou "You Are All I Need"? — Margarida perguntou.

— Não gosta mais de Motley Crüe? — uma das amigas se pronunciou.

— Amo, mas essa música me dá calafrios. Lembra o que o Nikki Sixx falou sobre essa música? — Ninguém respondeu, mas trocaram o CD.

— Rodrigo... O que tu mais gosta na Margarida? — a mesma menina embriagada perguntou. Ele apontou para um dos porta-retratos e falou:

— Olha pra essa foto atrás de ti. — Todos se viraram. — Não, olha bem! Sinceramente... Tu acha que existe mulher mais linda do que essa no universo?

— Ohhhhn! — todas disseram juntas. Margarida o beijou.

"O que importa é a aparência", pensei.

— Você precisa ir comigo até lá! — Margarida me implorou na tarde seguinte.

— Se você não pode beber, o que vai fazer em um bar?

— Cara, faz isso por mim! Por favor! Vou poder sair de carro se disser que vou te levar em algum lugar. Diz que quer conhecer a cidade!

— Você tem algum outro motivo? Vou me sentir terrível se descobrir que estou te encobrindo pra fazer algo que não deve.

— Não é algo certo, mas certamente não é droga. Eu tô me cuidando, cara. Tô controlando minhas vontades. — Continuei indecisa diante de seu suplício. — Vamos lá! Retribui o que eu fiz por você!

— Tá bom — concordei.

— Você é demais! — exclamou ela, impregnada de satisfação. Correu para pedir permissão a Rodrigo, que escrevia na biblioteca, e voltou saltitante com a bolsa em uma das mãos e as chaves na outra.

No carro, o ritual de sempre:

— Agora preciso colocar uma música que me deixe no clima certo. — Pegou o estojo. — Vamos ver... Beatles? Qual CD? — Sua respiração estava arfante. — É isso! "Ticket to ride"!

— Margarida, o que você está fazendo?

— Preciso que você confie em mim! — Ela segurou minha mão e olhou nos meus olhos. — Eu prometo que não estou fazendo nada comprometedor. Só não posso explicar até chegarmos lá. — E aumentou o som, que logo me fez parar de questioná-la. — *She's got a ticket to ride, she's got a ticket to ride! She's got a ticket to ride and she don't care!*

— Você é maluca!

— Eu sei! — ela respondeu com orgulho e continuou cantando. Balançava os cabelos de um lado para outro e sorria. Se estava feliz, eu não podia opinar. — Você passou a manhã trancada no quarto? — perguntou.

— Passei.

— Droga. Queria saber se alguém percebeu que saí. Mas acho que não.

— Ai, ai...

Os motivos de Margarida eram duvidosos. Ela tinha pensamentos secretos dentro de sua cabeça aérea e impulsiva. Tinha intenções das quais não queria que ninguém tivesse conhecimento. Eu só esperava não estar sendo cúmplice.

Seu celular tocou.

— Oi amor. Tô. Estamos indo naquele restaurante novo. Aham. Ela tá empolgada. Aonde? De novo? Amor, você tem certeza de que não tá confiando demais nesse cara? Tá. Não tem problema. Divirta-se! Um beijo! — Desligou. — Ai, esse homem... Agora inventou de ficar fazendo viagens de uma hora pra pintar com um cara que ele nem conhece direito.

— Que cara?

— Um cara que é uma lenda por aqui. Um piradão de ácido que pinta as paredes da cidade de madrugada quando ninguém tá vendo. Todo mundo tem uma história louca pra contar sobre ele. Do tipo que ele curte dar uma trepadinha com umas árvores!

— Árvores? — perguntei espantada.

— É... O cara diz que é pansexual. O Rodrigo anda chamando ele de mestre!

— Que bizarro...

— Melhor assim! — ela concluiu. — Ele precisa se distrair. Acho que tá com medo da chegada do bebê. Normal, né?

— É — concordei. Queria contar o que havia ouvido na festa, mas não ousaria dar uma notícia tão ruim.

— Chegamos! — ela exclamou. Parou o carro e colocou a cabeça para fora da janela. — Ótimo! Não tem muita gente. — Estacionamos e ela saiu do carro apressada. Abriu o porta-malas e retirou seu violão.

— Não estava sem cordas?

— Então... Eu saí hoje de manhã. — E piscou para mim.

Estávamos no Superfreak, o bar do Berinbrown. Eu havia seguido os conselhos de Cornélio sem fazer força alguma. Havia achado uma maneira de conectar minha última viagem à minha situação atual. Estava no lugar onde devia estar, sentia. A energia era um pouco tensa, mas acho que devido à ansiedade de Margarida. A fachada do bar, por outro lado, era surpreendentemente colorida e alegre. A pintura era psicodélica, divertida, atraente. Estava excitada com aquele cenário; enfeitiçada pela maneira com que Margarida me carregava pelo vento. Ela corria pelo asfalto fazendo barulho com o salto de metal de sua bota.

Entramos e fomos diretamente para o balcão do bar. O lugar era grande. Eu sentia vontade de rir ao reconhecer o cenário semelhante ao do Loft. Acho que todas as cidades têm lugares assim. Um *point* frequentado pelas figuras originais, as assustadoras, as geniais. Um lugar onde todos estão desesperados por alguma coisa. Onde as pessoas estão meio mortas, meio vivas demais. Onde há cheiro de gordura e cheiro de fome. Onde o ar é denso.

— E aí! — Berinbrown nos cumprimentou. — Tava esperando por umas branquelas azedas pra animar meu dia!
— Ele já chegou? — Margarida perguntou apreensiva.
— Já! Arrumei uma salinha pra ele lá no andar de cima. Afinal sou preto, mas tenho elegância! Daqui a pouco o piá tá descendo... Pega uma mesa que eu já vou trazer uma be... Opa! — Interrompeu-se. — Vou trazer uma Coca-Cola bem da hora! — E piscou para ela. — E tu, quer o quê? Não usa drogas, mas toma um trago, eu espero!
— Agora não, obrigada.
— Que menina boa que tu foi arrumar pra carregar contigo, Margarida! Chega a me deixar arrepiado! — E riu forjando um tremelique. Retirou-se. Eu ri. Margarida estalava os dedos, secava as mãos na calça jeans.
— Tá... É o seguinte... — ela começou a falar depois de tomar um grande gole de ar. — O nome dele é Joey. Joey Nash. — Arregalei os olhos. — Não, se liga... O cara é gato, mas eu não tô chifrando meu homem. O Joey é filho do dono de uma grande gravadora e tá trabalhando como produtor musical. Ele tá aqui pra descobrir cantoras novas e eu já fiquei sabendo que ele curte minha aparência. Eu vim fazer um teste.
— Mas isso é ótimo! — exclamei boquiaberta.
— É! Eu também acho! Mas o Rodrigo e a Lara me matariam se soubessem. Eles ficam me controlando o tempo todo por causa da gravidez. Têm medo que eu perca a criança. — Ela fez uma pausa. — E cara... Eu sei que vou ser mãe! Sabe? Se eu passar nesse teste, vou finalmente entrar no estúdio. Eu sempre quis fazer isso, mas nunca tive coragem. A hora finalmente chegou!
— E esse tal Joey te instigou?
— Porra... Você é foda! — Ela riu. — Tá, eu admito que a beleza desse cara me deixa meio fora de órbita, mas não vou

fazer nada. Penso nele, mas acho que é normal. Sou uma mulher, preciso me sentir desejada. Pode ser que seja importante mostrar pra ele que eu posso fazer isso, mas é muito mais importante mostrar pro Rodrigo e pra mim.

— Não precisa dizer mais nada. — Sorri.

— Valeu, cara. Você tá sendo uma puta amiga. — Ela me abraçou. — Vou dar uma checada na minha maquiagem. Fica aí. — Ela se dirigiu ao banheiro e Berinbrown chegou com o copo de Coca-Cola.

— Vem cá comigo conhecer um amigo!

— Estou esperando a Margarida...

— Princesa, você fala tão corretamente que me dá dor de barriga. Vem cá! — Resolvi ir. — Esse aqui é o Doutor. — E me mostrou um garoto de cabelos negros até o ombro que usava um boné de beisebol. — Só que antes de dar oi, tu tem que perguntar se quem tá falando é o Doutor Jeca ou o Doutor High. — Dei uma risadinha sem graça. — Vamos lá, Doutor, fala oi pra guria!

— Prazer. Sou o Doutor High. — Risadas agudas se manifestaram e pude perceber que diversas pessoas assistiam à cena. — Isso quer dizer, pra ti que ainda não conhece o mestre, que eu enchi a cara de cachaça. — E beijou minha mão arrastando seu grande bigode pela minha pele. Seu rosto parecia o de um pirata, e seus olhos estavam pintados de preto.

— Ele fica jeca quando cheira — Berinbrown acrescentou.

— E começa a abraçar as bichas! — uma mulher gritou de uma mesa próxima. As risadas ficaram mais altas.

— Permita-me explicar, bela donzela. Os efeitos nunca são os mesmos. Num teco a gente se abre, e num gole a gente se fecha. Entende a mensagem?

— Acho que sim. — E voltei para a minha mesa. Dei uma olhadinha para trás e me sentei novamente. Gostava da atmosfera imprevisível dos bares. Gostava de ficar inerte em um local fixo esperando que a próxima criatura bizarra se apresentasse. Eu nunca precisava fazer esforço. Parecia ter um ímã. Todos sempre vinham até mim, mesmo quando eu não tinha o que dizer.

Diferente da maioria dos que conhecia, eu preferia ouvir. Estava acostumada com bocas que nunca se calavam e tentava permanecer reservada. Os segredos viviam sendo jogados de um lado para o outro e eu fazia questão de fechar as cortinas. Não queria que os meus voassem, que fossem soprados da boca dos apressados, dos mentirosos, dos mal-intencionados. As pessoas à minha volta viviam se repartindo e pareciam nem saber com quem estavam suas partes no final das contas. Pareciam falar por vaidade, porque haviam recebido confiança. Eu mantinha meus segredos trancados e isso me tornava solitária. Era o preço que precisava pagar.

— Voltei. Tô bem?

— Linda! — respondi. Berinbrown se aproximou novamente.

— Tu é a primeira...

— Valeu, negão! — Margarida agradeceu beijando-o no rosto.

— Cuidado pra não se sujar de preto — falou para não perder a piada, depois voltou ao bar. Foi a vez de o tal Doutor vir até a mesa.

— Tá doido de quê? — Margarida perguntou de cara.

— Cachaça — ele respondeu chegando perto demais do rosto dela. Com cara de nojo, ela se afastou.

— Fodeu, né? Vai começar a fazer piadinhas machistas.

— Não sou machista. Sou porta-voz — ele respondeu retirando-se novamente.

— Esquizofrênico! — Margarida bufou. — Troço sério, viu? Se esse cara não fosse gato, eu arrebentava a cara dele.

Margarida paralisou de supetão e eu pude perceber o tremor tomar conta de suas mãos branquinhas demais. Suas unhas com esmalte preto descascado arranhavam a mesa de madeira. Ela olhava atentamente para o fundo do bar, onde havia um microfone e uma cadeira de madeira, e respirava fundo. Um homem magro e loiro havia aparecido e estava conversando com um senhor de óculos. Quando a notou olhando de longe, ele deu um sorriso. Beijou sua própria mão e, em um gesto conquistador, fingiu estar mandando o beijo para ela. A reação exaltada de seu corpo a entregou: borboletas debatiam-se dentro de sua barriga. Sem dizer nada, retirou seu violão de dentro do case. Eu parecia não estar mais lá depois que aquele homem surgiu. Margarida entrou em transe e, quando Berinbrown se aproximou para avisá-la que estava na hora de se apresentar, ela também o ignorou. Simplesmente seguiu, como se flutuasse. Joey Nash anunciou o início dos testes, no que todos bateram palmas e deram gritinhos.

Meu estômago também se esfriou quando Margarida se posicionou para cantar. Eu rezava para que sua voz fosse realmente boa, rezava para que ela não se decepcionasse. Seu corpo inteiro tremia, todos podiam ver. Nos seus olhos havia pavor, talvez insegurança.

Quando abriu a boca para cantar, porém, o choque foi grandioso. Sua voz mudava completamente quando cantava. Se eu não a conhecesse, imaginaria que uma mulher negra estava emitindo aquele som. A melodia de sua voz era sofrida, tocante, às vezes perturbadora. Todos estavam atentos a sua apresentação. Com os olhos fechados, ela tocava nostálgicos acordes de blues que deixavam transparecer certa angústia, certa ruptura na alma. Transitava com desenvoltura por outros estilos musicais também. Passava pelo folk e pelo country. Seus olhos não se abriam uma vez sequer, mas seus cílios enormes agitavam-se incessantemente, dando-lhe ainda mais personalidade. Ela tinha talento, tinha futuro. Eu estava arrepiada. Palmas extasiadas tomaram conta do ambiente. Um sorriso se abriu em seu rosto vulnerável e Joey Nash logo se aproximou para abraçá-la. Era óbvio que aquele homem mexia com Margarida, mas eu não podia culpá-la. Ele era de tirar o fôlego, e certamente podia ajudá-la a crescer.

— Por isso que eu amo essa garota – disse Berinbrown, sentando-se ao meu lado. Ele parecia comovido, mas se esforçava para não deixar transparecer a alteração emocional. — Essa filha da puta me lembra a Janis Joplin – admitiu. — A alma é negra de doer. Pena que toda diva tem um encosto. O da Margarida é o Rodrigo – entregou.

Margarida retornou à mesa com uma expressão aérea, leve e desatenta. Enquanto uma moça loira se ajeitava no palco, Joey Nash fez questão de vir ao seu encontro.

— *You rock!* – falou para ela com um ar soberbo e presunçoso. — A gente se vê no fim de semana. — Ele a abraçou com força, instigando intimidade. Pude perceber que ela se arrepiou e sorriu contidamente.

E, na volta para casa, ela cantarolou durante todo o caminho: *"She's got a ticket to ride, she's got a ticket to ride! She's got a ticket to ride and she don't care!"*

Margarida foi direto se deitar, pois não queria dar satisfações. Subiu a escada na ponta dos pés, evitando dar de cara com Lara. Pegou seu *discman* para se isentar do mundo e me deu um beijo de boa-noite cheio de gratidão. Ela queria aproveitar o escuro do quarto para relembrar sua noite, enquanto Rodrigo pintava com seu mestre.

Ajudei Lara a preparar alguns sucos diets para deixar na geladeira e fiquei me perguntando se era hora de começar o interrogatório que ainda dava pontapés na minha cabeça. Nós estávamos sozinhas e a ocasião parecia ideal, mas ela não me dava abertura, só me dava mais saquinhos para misturar com água. Eu estava começando a ficar incomodada, apreensiva. Ela havia passado um tempão insistindo para que eu tomasse um de seus remédios, e sua persistência soava incomum. Tinha a impressão de que queria me evitar ao incentivar o sono profundo. Talvez não quisesse ter a conversa que eu esperava, talvez eu estivesse pedindo demais. Ela havia me dado a mão e eu já queria puxar seu braço. O que havia começado como um convite para um almoço, estava se estendendo demais. Temia estar sendo inconveniente.

Uma vontade de permanecer havia começado a se abrigar, mas eu sabia que era arriscado demais me apegar àquela família. Bem ou mal, eles ainda eram estranhos para mim. Batíamos papos superficiais que me distraíam e me divertiam, mas eu não havia esquecido o passado. Eu nunca esqueceria. Queria minhas respostas.

Queria um lugar para fincar minha âncora.

Estava deitada havia horas lendo um romance policial que pegara emprestado da biblioteca de Rodrigo. Estava relaxada depois de um banho demorado e tinha até secado o cabelo com um secador. Não vi Rodrigo chegar, mas reconheci o som dos seus passos. Eram precisamente duas horas da manhã quando ele abriu a porta do seu quarto, isso sei porque chequei. Meus olhos começaram a doer por causa das palavras miúdas e senti que conseguiria dormir. Estava certa. Certamente me desliguei, com um sorriso no rosto.

Por pouco tempo. Óbvio.

Acordei assustada, para variar, e levantei com um estremecimento súbito. Quase caí da cama. Havia sido interrompida por um choro, ou algo que assim parecia. Fui até a porta e quase girei a maçaneta, mas voltei atrás com receio. Era Rodrigo que chorava. O som oscilava como se ele estivesse andando de um lado para outro inquietamente. Algo estava, definitivamente, errado. Lembrei de quando Margarida disse que ele não demonstrava sentimentos e estranhei o pranto que ouvia. Resolvi ver o que estava acontecendo, mas nem precisei. Ele bateu à minha porta e eu abri com apreensão.

— Te acordei?

— Acordou, mas não tem problema — respondi. Seu rosto estava inchado e vermelho. Ele parecia estar chorando incessantemente havia horas.

— Posso sentar? — perguntou já se sentando na cama. — Desculpa te incomodar, Clara. Desculpa mesmo... — Ele secava as lágrimas que jorravam sem piedade. Em seguida me deu um abraço que gerou certo desconforto. — Tu me parece ser uma

pessoa do bem, uma pessoa confiável. Preciso ter uma conversa contigo. Não consigo me acalmar, não sei o que fazer...
— O que aconteceu?
— A Margarida teve outro episódio brabo. Ela não estava na cama quando cheguei e fiquei desesperado. Procurei por ela pela casa inteira e cheguei até a ir à casa do senhor Camargo.
— Ela estava lá?
— Eu a encontrei no meio da rua, Clara. Com os peitos de fora. Achei que ela estivesse bêbada e tentei pegá-la no colo. Ela ficou balbuciando umas coisas sem sentido, começou a me xingar de nomes horríveis. Disse que eu era um encosto, que estava roubando a energia dela. Tinha certeza de que ela estava acordada e fiquei nervoso, comecei a retribuir os xingamentos. Tentava cobrir seu corpo para que ela não passasse vergonha, mas ela não deixava, falava enrolado e gritava. Parecia estar completamente drogada, possuída. — Ele fez uma longa pausa. — Ela estava?
— Não! — respondi amedrontada.
— Eu sei que ela deve ter te feito prometer um milhão de coisas, mas preciso que tu me diga a verdade. Eu estou enlouquecendo! Ela ainda disse que aquele filho da mãe do Berinbrown disse que eu não presto, e terminou gritando que um tal de Joey ia salvar sua alma. — Engoli em seco, não queria me envolver. Meu estômago roncou, comecei a ficar nervosa.
— Não vou me intrometer na vida de vocês. Não me pede pra fazer isso...
— Era só o que eu precisava saber... — ele disse em um tom irônico.
— Ela não estava drogada! — falei levantando a voz. — Você me perguntou e estou te respondendo a verdade.

— Eu a amo mais do que tudo no mundo, Clara. — As lágrimas retornaram ao rosto dele e eu comecei a sentir muita pena. — Tu não imagina o quanto eu sou doido por essa mulher, o quanto eu estou amadurecendo por causa dessa criança. Não quero que ela estrague tudo! Ela não pode fazer isso comigo!

— Ela te ama... — respondi enquanto o abraçava. Seu desespero me deixava nervosa, não sabia o que fazer para acalmá-lo. — A Margarida está muito feliz com a gravidez. Ela acha que você é que está inseguro...

— E eu estou! Porque quero ser o melhor pai do mundo! — admitiu. — Quero dar o melhor pra minha família, mas tenho medo de ser abandonado.

— Por que você acha que ela te abandonaria?

— Pergunta a ela como acabaram os outros namoros... Tenho medo do que acontece na cabeça dela quando começa a ficar distante. A mente daquela mulher é ciclotímica demais! — Suas lágrimas estavam secando novamente. — Tu acredita que depois de tudo que ela me disse, simplesmente desmaiou e voltou a dormir? Eu não consigo ficar deitado ao lado dela sem saber que ela está mesmo do meu lado. Me diz, Clara... Ela está?

— Ela é louca por você, pode ter certeza. Não tenho nenhuma dúvida quanto a isso.

— Obrigado — ele disse. Depois fez uma pausa, respirou fundo e beijou minha testa com delicadeza. — Posso dormir em paz graças a ti.

Rodrigo deixou o quarto e me fez levantar questionamentos. Quantos segredos será que Margarida tinha?

No dia seguinte ela não se lembrava de nada.

CAPÍTULO 18

UM BOLO PARA JOEY NASH

Não aguentava mais ouvir Margarida chorando feito um neném com cólica. Estava de saco cheio e sentia vontade de calá-la com uma fita adesiva. Não conseguia chegar a uma conclusão sobre a história que tinha ouvido na noite anterior, mas sabia que o que Rodrigo ouvira só podia ter saído da boca dela. Contudo, tentava não me manifestar. Ajudava nas tarefas domésticas. Não gostava da maneira fria com que Lara estava tratando a esposa de seu filho, mas também não achava justo que ela soubesse do que ocorrera. Ela reagia com o instinto.

Margarida passou o dia trancada na biblioteca, mexendo no computador. Eu lhe levei comida, mas ela se recusou a falar comigo. Talvez achasse que eu a havia traído. Talvez não se lembrasse de nada, mas era estranho demais para ser verdade. Mesmo que eu já soubesse que ela era uma mulher intensa demais, sabia também que seus sentimentos tinham curta duração. Ela era o tipo de pessoa que odiava ter obrigações e fazer planos a longo prazo. O tipo de pessoa que passava tempo demais na internet, entrando em sites de relacionamento e blogs de fofoca. Uma de suas amigas veio visitá-la no final da tarde, mas as duas ficaram trancadas. Eu me sentia mal, mas tinha certeza de que não estava sendo falsa. Por isso não me exaltava.

Ela ficou trocando mensagens pelo celular durante todo o jantar. Um apito tocava para anunciar a chegada de uma mensagem e irritava a todos.

— Tu consertou o violão? — perguntou Rodrigo interrompendo o silêncio. — Eu ia levá-lo a um *luthier*, mas estava tudo no lugar. — Margarida continuou mastigando.

— Encontrei cordas — mentiu, de maneira descarada.

— Tu pode me dar as que sobraram? Fiquei de pegar umas pra levar pro Centauro.

— Você vai ver esse maluco de novo? — perguntou elevando o tom.

— Hoje não — Rodrigo respondeu calmamente. — Amanhã ou depois. Estou pintando um quadro com ele. Cada um está pintando uma metade. É uma tela de um metro e meio por dois.

— Legal — ela respondeu sem entusiasmo. — Posso me retirar? — perguntou. O telefone da casa tocou e Margarida levantou para atender.

— É o pai — anunciou com uma voz estressada. — Vou atender na biblioteca.

O telefonema demorou horas e tudo que eu conseguia ouvir era, novamente, o som de seu choro exagerado. Eu precisava lembrar que ela estava grávida, provavelmente sensível. Seus sentimentos deviam estar à flor da pele. Bati na porta para perguntar como estava.

— Senta aí! — ela ordenou. — Você jura pela sua vida que não falou absolutamente nada pro Rodrigo? — perguntou sem rodeios.

— Ele bateu na porta do quarto de madrugada chorando muito. Disse que precisava conversar e me falou sobre o estado em que havia te achado. Perguntou se você havia usado alguma droga e eu respondi que não. Eu te defendi, Margarida.

— Não entendo como isso pode ter acontecido! — gritou. Ela rodava de um lado para outro com as mãos na cabeça.

Depois se sentou ao computador. Ficou em silêncio por um minuto e começou a sorrir para a tela.

— Quando é que vai ver o Joey?
— Você tá achando que eu tô dando pra ele, não tá?
— Eu acreditei que não, mas você falou um monte de baboseiras pro seu marido.
— Isso nunca aconteceu antes... Não consigo entender! Agora, além das caras fechadas aqui dentro, ainda briguei com meu pai! Que inferno! Esse velho maldito só tá vivo pra atrapalhar minha vida! Por que ele não desaparece? – bufou. Depois continuou digitando. — Você sabe que eu só tô fazendo isso por causa do meu futuro. Já te falei que não tô traindo o Rodrigo. — Ela se desconcentrou. — Espera aí. Tô combinando um negócio. — Terminou de digitar e continuou: — Tô te dizendo a verdade, cara. Espero que acredite e que não fique fazendo fofocas por aí. Vou contar quando achar que é o momento certo. Ainda não tem nada concreto, vou ter que fazer mais um teste. Mas não se preocupa, o Berinbrown vai comigo.
— Não vai ser no bar?
— Não. Vou dormir. Boa noite. — Ela se levantou rapidamente e voou para o quarto. Seu celular ficou em cima da mesa.

Quando cheguei à cozinha na manhã seguinte, Rodrigo estava preparando um bolo de maçã. Disse que Margarida havia saído horas antes e que ele estava se prevenindo contra algo que estava prestes a acontecer. Não entendi o que aquela declaração queria dizer, mas me ofereci para ajudar. Não tinha nada para fazer e até que estava gostando de sua companhia.

— Eu sou um cara inteligente, Clara. Sei exatamente quando estou sendo passado pra trás. A Margarida é desleixada... Acha que consegue me enganar. — Não disse nada, só escutei.
— Eu sei sobre o teste — ele anunciou abruptamente. — Sei sobre o Joey Nash também. Quero que saiba que eu estou tranquilo. Não vou fazer o papel do pai dela. Vou ficar na minha.
— Não acredito que ela esteja saindo com ele.
— Eu também achava que não, mas ela não apagou as mensagens do celular. Eles vão se encontrar em dois dias, e eu estou preparando essa sobremesa para ele.
— Pra ele? Por quê?
— Vou manter o bom humor. Não vou arranjar confusão. Quero que meu filho nasça com dois pais íntegros.
— E o que tem o bolo a ver com isso?
— Vou fazer uma proposta. Vou dar esse bolo pra ele e propor que ele dê um bolo nela também.
— Não faz sentido! Se ele estiver a fim dela, só vai rir de você.
— Quem ri por último ri melhor — ele declarou, retirando-se.

Fiquei espantada quando, no silêncio da noite, enquanto eu lia na biblioteca, Lara me chamou para conversar. Ela parecia estar mais pálida do que de costume e gaguejava também. Não parecia saber como conduzir a tão esperada conversa.
— Por onde prefere começar? — finalmente perguntou.
— Não sei — respondi acanhada, marcando a página que estava lendo.
— Quero primeiramente pedir desculpas por decisões que tomei em momentos de desespero — ela desabafou. — Quero que saiba que não foi pessoal.

— Pra mim é pessoal — admiti, depois de uma longa pausa, esfregando uma das mãos suadas na outra.

— Eu entendo, mas tu precisa pensar no meu lado também. — Suspirou.

— Não conheço seu lado.

— Sou uma viúva, Clara. Sou uma mulher aleijada, tenho fraquezas. Mantenho minha postura, mas me sinto vazia desde que o Anacleto se foi.

— Anacleto... — repeti. Foi a primeira vez que ouvi o nome do meu pai.

— Eu estava grávida quando ele faleceu, entende? E tu me lembrava demais ele. Eu não conseguia te olhar nos olhos. Não era sua culpa, mas eu estava deprimida e escolhi ser covarde. Foi um impulso, uma escolha prematura. — Ela tentava segurar as emoções fortes respirando fundo. — Estou feliz que veio. Acredite. Espero poder tirar um pouco dessa culpa de dentro de mim.

— E de mim? — perguntei com a voz baixa e falha, segurando os sentimentos que cresciam irremediavelmente. — E o que eu sinto? O vazio que eu sinto é uma consequência. Não sei preencher esse buraco que me desabilita tão constantemente, Lara. — Senti meu rosto pegar fogo. — Sou totalmente sozinha.

— Vem aqui — ela pediu abrindo os braços. — Podemos consertar isso tudo. Tu tá sendo uma aquisição maravilhosa pra essa família. — Deixei que as lágrimas se pronunciassem e que caíssem em seus ombros. — O Rodrigo te adora tanto...

— E você? — Eu me desesperei. Queria me desprender de seu corpo gelado.

— Tu tá crescendo dentro de mim mais uma vez. Queremos que fique mais tempo aqui. Queremos que faça parte das nossas vidas. Acho que o Rodrigo pode precisar de ti com tudo que está acontecendo com a Margarida. Tu é uma pessoa pura. Como ele...

Não sabia mais o que dizer e ainda estava engasgada com perguntas e respostas. Tremia de surpresa, tremia de choque.

Decidi subir para chorar em solidão. Para abafar o som no travesseiro branco. Parecia ter ficado sem energias de uma hora para outra. Precisava deixar que meus segredos se manifestassem fisicamente. Os segredos que se haviam transformado em pedra, em impedimento, em inabilidade. Não conseguia digerir o que eu sentia ao ouvir coisas que haviam povoado tanto meus sonhos quanto meus pesadelos, simultaneamente, por muitos anos. Ainda não tinha coragem para tirar conclusões, apenas sofria. Mas a dor estava livre para se transformar em condolência e aceitação. Eu havia aberto a gaiola e ela voaria se realmente desejasse. Se meu corpo aceitasse, talvez eu me rendesse, me subordinasse a Lara... Minhas mãos suavam, suavam, suavam. Não conseguia tocar em nada naquele momento. Nem a maçaneta foi poupada. Empurrei a porta e bati com violência impensada. Sucumbida, desmaiei ao final do embate.

Saí na ponta dos pés para mais uma caminhada em uma cidade desconhecida. Passeava para sentir os ares e ouvir os sons. Para conectar os olhos com as imagens na cabeça, como se usando um dicionário a fim de enriquecer a leitura. Os ambientes sempre provocaram em mim diálogos interiores que surgiam para averiguar a lucidez de minha própria cabeça. Eu sabia que se ouvisse um pássaro e sorrisse, era porque estava bem. Sem a ajuda dos meus exercícios de intuição, eu não conseguia compreender meu estado emocional. Aquilo tudo parecia loucura, eu sei, mas para mim fazia muito sentido.

Estava sol, e, se eu estava na rua, era porque buscava o recomeço, pois quando perdia as esperanças, eu ficava isolada dentro do quarto. Percebi que conseguia respirar; que podia andar de maneira descompassada por aquele enorme parque que havia encontrado enquanto seguia em frente sem me importar em perder a direção.

Deparei com um lugar agradável e imprevisto, lotado de gente. Agucei meus sentidos para analisar o clima e reparei que grupos de jovens reuniam-se em diferentes locais do parque. Jovens pálidos de preto, jovens com violões, jovens com filhos arruaceiros, e jovens com bicicletas. Algumas pessoas faziam piqueniques na grama, sob a sombra de alguma árvore. Algumas inauguravam a tarde com uma cerveja gelada e outras aproveitavam para beber chimarrão. Garrafas de vinho também eram populares, principalmente entre os jovens em busca de atenção que usavam maquiagens mórbidas demais. Os já idosos exercitavam o corpo e se misturavam com visuais obscuros e cabelos multicoloridos. O resultado era lirismo.

Fui até uma barraquinha de bebidas e pedi um refrigerante. Encarei o rosto simpático do senhor por trás da venda e resolvi perguntar:

— Como se chama este parque?

— Parque da Compensação — ele respondeu. — De onde tu é, guria?

— De outro planeta... — Fiz graça.

— Tu perdeu o Tijolão.

— Tijolão?

— Uma baita duma feira! — disse ele sorrindo. Retribui o sorriso e voltei a caminhar.

Cruzei com um grupo de pessoas risonhas que usavam camisetas quadriculadas e virei à esquerda, seguindo um caminho asfaltado. Ouvi alguém gritar meu nome, mas, como não podia ser eu, continuei sem virar para trás. Uma pessoa me assustou ao colocar a mão no meu ombro, mas percebi que era uma amiga de Margarida.

— Tu tá por aqui sozinha, guria?
— Resolvi caminhar e encontrei esse lugar...
— No dia certo, ainda por cima! Domingo é uma paulada! — Ela sorriu e me puxou pelo braço. — Vem conhecer a galera. Tá rolando um fumo...

Pensei duas vezes, mas, sem opção, acabei seguindo a garota, que vestia shorts curtíssimos e uma camiseta comprida.

— Como é o seu nome?
— Bah, não me apresentei! Sou a Mafalda! — Ela riu sem motivo. — Gente, essa é a amiga da Margarida que tá hospedada com ela.
— Clara... — falei encabulada, enquanto cumprimentava as pessoas sentadas em uma roda. Logo reconheci um rosto.
— Tu tá em todas, hein? — disse o tal Doutor.
— Os dois se conhecem? — Mafalda perguntou.
— Não o suficiente... — ele respondeu. — E aí, chamego? Conta pra gente a novidade!
— Que novidade?
— A Margarida conseguiu o contrato ou não?

Logo me desconcentrei do ambiente colorido que me cercava e lembrei que já estava fora havia tempo demais. Algo sério podia estar acontecendo dentro daquela casa. Algo que Rodrigo estava tentando prevenir com um gesto inocente, despropositado. Devo ter sido tachada de louca, pois, ao retornar à realidade, fui embora sem falar, sem ouvir, sem olhar. Como se ninguém se dirigisse a mim, como se o vento me empurrasse de volta para casa. Uma autista.

Rodrigo estava do lado de fora abrindo a porta do carro. Depois de perguntar por onde eu havia andado, disse que estava indo visitar Centauro. Carregava um pacote nas mãos. Enquanto tirava alguns CDs da mala do carro, falava sobre o quanto estava empenhado com a nova técnica que havia aprendido. Era à base de hipnose e servia para liberar sentimentos reprimidos.

— Tu devia ir lá comigo na semana que vem. É triarejado! Diferente do clima da cidade grande... — Ele se aproximou e me deu um beijo na testa. — Cuidado com a manipulação que tá rolando aí dentro... — disse baixinho.

— Você está bem? — perguntei.

— Tô ótimo! Vou voltar melhor ainda!

A cada vez que colocava os pés dentro da casa, eu me perguntava se estava pronta para estacionar. Cada entrada me causava uma estremecida e fazia com que eu virasse o pescoço para avistar a estrada.

— Vem aqui... — Margarida me chamou assim que entrei. Ela me conduziu à biblioteca. — Tô pirando, cara, pirando. A mulher do Joey encontrou um e-mail meu e tá certa de que estamos tendo um caso. Tá tudo conspirando contra mim! Tudo!

— Acho que você está começando a ficar paranoica...

— Sou paranoica mesmo quando a paranoia é real?

— Afinal, vocês... — Fui interrompida.

— Já falei que não! — Ela elevou a voz. — Mas se essa mulher resolver fazer alguma coisa, vai foder com a minha vida! Não posso ficar assim nervosa, cara, não faz bem pro meu bebê. Que merda! Será que vai ficar tudo bem com o meu filhotinho? Será?

— Se acalma! Se você não está fazendo nada, não tem por que pirar.

— Eles estão juntos há anos, Clara. E o Joey não é lá grande coisa como marido. Se ela descobre isso, tá tudo perdido.

— E o que você tem a ver com *isso*?

— A mulher dele é quem manda! Ela é muito mais poderosa! Vai arrancar dele o que puder...

— Mas ele não é filho de sei lá quem?

— Como se isso quisesse dizer alguma coisa... — disse, balançando os ombros com desprezo. — Aliás, o que quer dizer alguma coisa? Nada quer dizer nada!

— Margarida, se acalma! Assim você só está criando uma bomba-relógio que vai acabar explodindo na sua cara!

— Tic, tac — ela ironizou. — Se é pra morrer, que seja marcante. *Live fast, die pretty*!

CAPÍTULO 19
MIL E UMA NOITES

Tic tac, tic tac. Tic tac durante toda a merda do dia seguinte.

As paredes da casa ressoavam o som aflito dos relógios. O som da preocupação, da perturbação, do medo, da ansiedade, da raiva que ainda não havia se manifestado por completo. Mas ela haveria de se manifestar, eu sabia, e algum relógio explodiria bruscamente para acompanhar a cabeça enfurecida de Rodrigo, que estava preparada para saltar de seu pescoço. Ele andava de um lado para o outro com o telefone nas mãos trêmulas. Fazia barulhos estranhos com a respiração ofegante e coçava os braços já avermelhados com certa compulsão que refletia sua inquietude.

Margarida havia desaparecido na noite anterior como um gatuno na madrugada. Rodrigo havia chegado no início da noite e ela não estava em casa. Não voltara até agora. Seu celular se encontrava desligado. Chamara, mas por poucas horas. Seu violão também tinha ido passear. Seu violão e seu bom senso.

— Será que esse mané sabe que ela tá grávida?
— Não sei...
— Preciso encontrar uma maneira de me acalmar. De parar de olhar pro relógio. Essa mulher vai me matar do coração! — Ele pegou as chaves do carro que estavam em cima da mesa de jantar e cerrou os olhos com força. Seus lábios tre-

miam agora. — Meu coração é mais forte do que uma pedra no fundo do mar, mas tudo tem limites... — Meus olhos mergulharam naquele mar e ficaram cheios de água. — Vou dar uma volta... Tu fica de olho pra mim, né?

— Claro — respondi obsequiosa, envolvida que estava na situação. Meus olhos estavam enormes. Milhões de pensamentos corriam apressados pela minha cabeça e eu sentia uma vontade incontrolável de encaixar peças, de iniciar um interrogatório invasor. — Você mandou o bolo, Rodrigo?

— O bolo? — Ele riu com certo desespero, assoando o nariz que escorria. — Deixei na porta da casa do boçal antes de pegar a estrada.

— Então ele recebeu...

— Aparentemente recebeu. E jogou na minha cara!

— Você sabe que horas eram?

— Umas seis da tarde.

— Alguém te viu?

— Acho que não. Estacionei o carro e entrei no condomínio a pé. Ninguém perguntou nada. Ricos tapados do caralho!

— E como você sabia onde ele morava?

— Parece que todo mundo conhece esse cara. Todo mundo menos eu. Não foi difícil fazer umas perguntas no bar que minha mulher frequenta.

— Então tem gente sabendo que você estava atrás dele...

— Melhor do que acharem que só ele tá atrás dela!

— Você não está pensando em voltar lá, está?

— É a vontade que eu tenho, mas não, não vou fazer isso. Tenho meu orgulho...

— Já ligou pras amigas dela?

— É lógico que essas aí não sabem de nada. Nenhuma delas vai com a minha cara. Mulher é um bicho muito egoísta. Só pensam em si mesmas! O que as amigas de Margarida queriam é que ela fosse solteira e que ficasse vagabundeando por aí sem propósito.

— Acho que ela vai aparecer, Rodrigo. Acho mesmo... — falei, tentando acalmá-lo. Ele era uma pessoa esquentada, e eu temia que perdesse a noção da realidade a qualquer minuto. A imagem de homem calculador que eu tivera havia, agora, se esfrangalhado. Rodrigo detestava matemática, eu havia me lembrado. O artista com o ego ferido havia se pronunciado. Queria pintar tudo de preto.

— Também acho. Ela vai voltar pra pegar os apliques. — Ele riu de maneira irônica. — E as coisas dela já vão estar arrumadas!

— Não se precipita... Pode ter acontecido alguma coisa.

— Já disse que não sou nenhum idiota. Vou dar uma volta. Tô levando o celular e o número tá pendurado na geladeira. Tu tá comigo?

— Tô.

— Quando a mãe chegar, diz que já volto. Não quero que ela saiba de nada.

— Tá bom, mas respira fundo. Sair por aí com a cabeça quente desse jeito não vai te trazer bons resultados...

— O resultado ruim já se deu, Clara. Deu positivo! — Ele saiu batendo a porta com brutalidade.

Eu já estava acostumada. Encontrava-me, mais uma vez, nos olhos de uma tempestade que não tinha nada a ver comigo. Havia sido sugada e não tinha escolha. Depois de tudo que já havia acontecido, ainda chovia sobre minha cabeça. A verdade é que eu não acreditava que tudo ficaria bem. A situação fedia a desastre. Margarida era um furacão e estava arrastando todos com ela.

Meus olhos estacionaram em um quadro macabro. Um neném loirinho dormia nu em um berço negro.

Tic tac, tic tac.

Quando a noite se pôs novamente, sugeri considerar o envolvimento da polícia. Margarida não havia deixado bilhete, e-mail ou carta. Talvez fosse hora de levar seu sumiço a sério. Nenhuma possibilidade podia ser descartada, ainda mais com seus casos recentes de sonambulismo.

— Vamos esperar até amanhã — pediu Rodrigo.

— Ao menos conta pra Lara.

— Ela tá com uma enxaqueca horrível e não quer nem sair do escuro do quarto. Vamos deixar ela descansar...

— Você conseguiu descobrir se o Joey está em casa?

— Ninguém atendeu. Deixei uma mensagem na secretária eletrônica. — Ele bufou. Depois de uma longa pausa, continuou: — E não é que o cara também é casado, tchê? Isso só pode ser uma piada de mau gosto! Não consigo nem acreditar que isso tá acontecendo comigo! — Não respondi e perguntei delicadamente se podia me retirar. Rodrigo havia feito com que eu roesse todas as minhas unhas.

O ambiente estava tenso e incômodo e eu só queria tentar desenhar e compreender a história dentro da minha cabeça. Não sabia nem o que pensar naquele instante, tudo estava simplesmente amorfo. Minha cabeça também latejava e uma forte dor de cabeça estava começando a se instalar sem comiseração.

Parecia que o sono perdido nos meses anteriores finalmente havia começado a se impor. Eu não podia impedi-lo, pois realmente sentia que podia dormir por mil e uma noites. Não só mil, mas mil e uma. O sono enjaulado ansiava pelo silêncio da interrupta eternidade para se libertar. Eu só queria me render. Era a única saída da vida que se apresentava. Além da solidão causada pelas feridas que carregava sozinha, eu estava encharcada de feridas alheias que me machucavam. Como podia, então, chamar aquilo de solidão? Era apenas um lado de uma moeda. Eu era uma líder da Solidão. Agia sozinha e aceitava sozinha. Precisava de água glacial para acordar, mas vivia pregada, desfilando em quietude em meio ao barulho da humanidade. Escrevia minha história durante a noite, durante as revelações da noite. Nesta, comecei a narrar a imensidão do meu nada em um velho caderno. Contava sobre a felicidade e a tristeza, a felicidade e a tristeza. A esperança e a decepção, a esperança e a decepção.

Tudo se repetia, tudo sempre se repete. Tudo na mesma ordem.

Colocam-me no centro de um palco, dão-me algumas falas, um figurino, apresentam o drama, fecham a cortina, e apagam as luzes do teatro. Deixam-me trancada, tendo que improvisar uma saída, tendo que compor um novo destino sem orientação alguma.

Tudo se repetia, tudo sempre se repete. Tudo na mesma ordem.

Enquanto eu olhava para a Lua cheia com meio corpo para fora da janela, tinha certeza de que quando já estivesse longe, seria catada no meio de uma rua movimentada. Estaria caminhando distraída quando os olhos de algum agente de talentos encontrariam os meus. Algum agente que sacaria de cara que meu único talento era obedecer. Obedecer a porra da ordem.

Uma ventania havia começado a cantar e eu ainda conseguia ouvir o som dos relógios. Margarida estava perdida no meio dos ponteiros seguindo suas próprias ordens.

Talvez desordenar seja a ordem. Ir embora sem dizer adeus, não deixar o ponto final fincar e, acima de tudo, não permitir que haja apenas mil noites para dormir e sonhar, nem que seja com nada.

CAPÍTULO 20
gina's got a gun

A ventania trouxe a tempestade e pronto: o cenário já dizia tudo. Não precisei esperar muito tempo para que mais um anúncio de episódio atípico batesse na minha porta e estorvasse a escuridão. Ouvi duas batidas. Duas batidas e passos açodados. O sono leve demais me impeliu para fora da cama e fiquei de pé para participar de mais um imprevisto aguardado. Meu coração batia forte, é claro. Tudo na mesma ordem. A concretização da repetição havia, felizmente, me poupado do costumeiro desespero. Quando me dei conta de que eu era somente uma passageira, afastei a tremedeira. Tornei-me ainda mais frígida para minha sorte ou para meu azar, a escolher.

Executei as ordens precisamente e girei a maçaneta para encontrar a temeridade da ferida aberta de Rodrigo. Aberta e latejante incessante durante a madrugada. Pela quantidade de passos, ele parecia ter descido. Prossegui, como um zumbi pálido que desperta do túmulo para cumprir seu dever. Faltava-me entusiasmo e solidariedade quando fui oferecer meu ombro cansado e tensionado, constantemente explorado pelo desgosto alheio. As fortes e amargas pancadas de chuva me inspiravam a ter vontade de resgatar meu plano inicial: o isolamento. Com lógica e sem mistérios.

Eu havia chegado tão longe que me sentia como o alvo de uma piada de mau gosto. Os dardos estavam sendo jogados diretamente nos meus olhos. Eu havia chegado tão longe apenas para perceber que tinha que voltar e que estava certa no início.

Mal sabia o que o início daquela noite iria desencadear.

Quando encontrei a porta da casa aberta, tive um pressentimento ruim. A contração involuntária dos músculos me alertou, e de repente parecia que eu havia levado uma pontada no estômago vazio. Rodrigo estava debaixo de chuva e trocava palavras com alguém. A imagem do vizinho esquisito logo me veio à cabeça e, por um segundo, percebi que a situação podia ser mais grave do que eu imaginava. Era, mas não da forma que eu imaginava.

Fui me aproximando lentamente, cautelosa para não fazer ruídos. Com a luz da sala de jantar desligada, eu sabia que não tinha como me verem, ao menos que eu cometesse algum movimento impensado. Rodrigo conversava com uma mulher loira. Loira demais, pois seu cabelo parecia praticamente branco na chuva. A luz da parte exterior da casa se refletia em seus cabelos. Eu apertava os olhos dolentes para tentar enxergar melhor. A mulher segurava algo nas mãos e parecia estar alterada. Falava alto, mas suas palavras eram irreconhecíveis.

As pancadas não estavam se acalmando, elas insistiam em ficar ainda mais carregadas. Haviam esperado demais para chegar e agora decoravam os horizontes com fantasmas.

Os dois pareciam estar discutindo, os movimentos eram bruscos. Perguntei-me como Lara não acordava com todos aqueles barulhos e acontecimentos. Questionei até se ela realmente estava em casa. Quando olhei para trás e avistei a escada, senti um calafrio. Uma onda de medo perpassou meu corpo. Havia algo enigmático naquela noite fria de Lua cheia.

Rodrigo retornou em passos apressados e tentei me esconder ao lado da porta. Ele a bateu e deu de cara comigo. Seu

rosto estava alterado, enfurecido, amedrontado. Seus lábios tremiam e seus olhos pareciam injetados de sangue.
— Aconteça o que acontecer, não abre essa porta — sussurrou.
— O que está acontecendo? — perguntei assustada.
— Essa é a mulher do cara. Gina Pollasco. Ela tá armada — ele respondeu agarrando meus braços. Comecei a tremer dos pés à cabeça, descontroladamente. — Vamos ficar dentro da biblioteca e esperar pra ver se algo acontece.

Rodrigo me pegou pela mão e me guiou pelo escuro para dentro da biblioteca sem janelas. Ele pingava sem parar. Eu me sentia tonta. Não tinha reação ou pensamentos. Acompanhava seus passos cuidadosos e lentos com os olhos apenas, apavorada com qualquer ruído.

Sentamo-nos no sofá e Rodrigo chegou bem perto. Me deu um abraço apertado. Fechei os olhos para digerir aquele gesto. Eu me sentia desprotegida, enganada. Não conseguia acreditar naquele momento que estava vivendo. Eu não encaixava na situação e continuava sendo vítima da improbabilidade. Por alguns minutos, permanecemos em silêncio, ouvindo apenas as respirações entrecortadas. Rodrigo passou a acariciar meus braços arrepiados e a união dos nossos corpos me proporcionou certo desconforto. Talvez porque me deixava duvidosamente confortável.

— Acho que já se passou bastante tempo, Clara.
— Ela estava de carro? — perguntei em voz baixa, ainda envolvida por seus braços.
— Isso.
— Vamos ver se o carro está lá...

E então caminhamos de mãos dadas novamente, até que vimos que o carro havia aparentemente partido. Voltamos para a biblioteca e Rodrigo começou a falar em um tom normal novamente.

— Ela disse que recebeu o bolo. O bolo e as mensagens. Disse também que Joey desapareceu.

— Meu Deus... — foi o que consegui dizer.

— Gina Pollasco me ofereceu uma arma pra matar o marido... Disse que acha que ele está numa casa de praia que eles têm...

— O que você respondeu? — perguntei apreensiva.

— Eu disse que não, mas ela insistiu. Parecia ter enchido a cara...

— O que você pretende fazer?

— Esperar.

— Você perdeu a cabeça? Se ela está bêbada, armada e ainda sabe onde Joey está, o pior pode acontecer essa noite... Você não pode perder tempo! — Eu estava exaltada. — Precisamos ir à polícia, e acho melhor acordar a Lara! Você vai ter que contar tudo desde o começo!

— Que merda! — ele gritou, levantando-se. — Não podemos ligar?

— Não, temos que ir até lá!

— Esses porcos nunca ajudam em nada, não vai fazer a mínima diferença: Nem sabemos onde eles estão!

— Vamos agora! — ordenei. — Você vai dizer que sua mulher está desaparecida desde ontem à noite, e que você sabe que ela está tendo um caso. Vai dizer que a esposa do amante dela veio aqui alcoolizada com uma arma na mão! E que ela sabe onde eles estão! Você não quer que aconteça algo com seu filho, quer? — Ele estava perdido demais dentro de seu próprio ego e não conseguia analisar os riscos da situação. Eu agia como minha formação mandava: tentava apavorá-lo. — Ela te ameaçou ou algo do tipo?

— Ela estava exaltada, cambaleando. Pediu, por favor, para eu matar seu marido. Quando respondi que não, ela disse que ia matar um de nós dois. Mas voltei pra dentro e parece que ela se foi...

— Ela está dirigindo! A gente podia ter anotado a placa se você tivesse sido mais racional! — Eu estava me descontrolando.

— Não venha falar de racionalidade! — ele gritou comigo.

— Vamos lá imediatamente! — eu disse, e me assustei com um trovão. — Vai pegar uma foto dela!

Rodrigo finalmente concordou em fazer o que eu mandei, mesmo que contrariado. Não havia desacerto, a explicação era simples e compreensível. Lara, porém, continuara dormindo.

Fomos à delegacia debaixo de chuva para fazer registro da ocorrência.

Rodrigo debulhou-se em lágrimas ao explicar a história sob seu ponto de vista, desde que começara a desconfiar de Margarida. Diversas vezes eu me impressionava ao ouvir atentamente os padrões de comportamento que, segundo ele, Margarida possuía. Quando questionada sobre minha opinião e meu envolvimento, fiz questão de contar que estava escondida atrás da porta quando Gina Pollasco tinha abordado Rodrigo. Também disse que estava com Margarida quando ela fora ao Superfreak fazer sua apresentação. Rodrigo abaixou a cabeça.

Eu temia que a história se tornasse pública, pois, mesmo sem saber exatamente a importância social do casal, percebia que eram pessoas conhecidas. Não demoraria muito até alguém vender informações para a mídia.

— Por favor, encontrem minha mulher! — implorou Rodrigo. — Não quero perder meu filho...

Quando chegamos em casa, eu sabia que ainda teríamos que lidar com o dilúvio após a tempestade. Rodrigo havia se entregado ao choro descontrolado e estava a ponto de ter um colapso nervoso. Estávamos em estado de choque e não conseguíamos mais falar. Eu queria ligar a televisão, pois achava que o noticiário iria começar a nos dar informações em breve.

Eu sentia certa pena de Gina. Com aquela arma na mão, ela nunca mais seria a mesma.

Quando Rodrigo subiu, estacionei na frente do aparelho de tv, e me perdi nas imagens, nas palavras, nos canais. No fundo eu só esperava uma conclusão, mas sabia que essa, se viesse, demoraria muito tempo, pois conhecia o país em que eu vivia.

Todavia, o tempo voou.

CAPÍTULO 21
CRIATURAS DA NOITE

Despertei com um clarão infernal nos olhos e dei de cara com o rosto pálido e sem maquiagem de Lara. O gosto que eu sentia na boca era terrível.

— Acorda logo! — ela mandava. Esfreguei os olhos ainda doloridos, tentei me conectar ao mundo real, e percebi que o pai de Margarida também estava ali, sentado em uma poltrona ao lado. Seu rosto amarelado estava sem expressão alguma e em suas mãos havia um copo cheio de uísque com gelo. Eu havia desmaiado no sofá e podia perceber que muitas horas haviam ultrapassado minha noção desvirtuada de realidade. Meu corpo estava pesado e as figuras na minha frente apareciam um pouco turvas. Podia ver que Lara caminhava de um lado para o outro, e que Rodrigo estava sentado à mesa, de cabeça baixa. O som embaralhado que vinha do aparelho de televisão começou a ganhar distinção. Lentamente, com dificuldade. O simples reconhecimento de um nome, porém, me fez acordar, lançando um balde de água gelado no meu rosto. Concentrei-me no noticiário.

Gina Pollasco seguiu seu marido, o produtor musical Joey Nash, filho de Frederich Nash, até o local onde acreditava que ele estava com a amante, Margarida Tornini. O marido de Margarida havia deixado mensagens na secretária eletrônica de Gina, informando-a sobre o caso de Joey com sua esposa. Ao chegar, Gina encontrou Joey com outra mulher e excedeu-

se. Disparou dois tiros e acertou a coxa de Ana Beatriz Costa. Joey Nash foi quem chamou a ambulância. Gina tentou fugir de carro, mas a polícia a alcançou. Ana Beatriz está no hospital e não corre risco de vida. Já a cantora e empresária Gina Pollasco está sob custódia do Estado. Margarida Tornini está desaparecida.

A imagem se afastou e desapareceu. A televisão foi desligada. Rodrigo fechou o punho e acertou um soco na mesa. O pai de Margarida continuou inexpressivo, frio, bebendo. Meu coração acelerou, acelerou sem receio. Eu temia profundamente pela vida de Margarida e não entendia o que havia acontecido com ela. Nem os relógios faziam barulho agora. Ninguém ousava abrir a boca para falar. Antes de conseguir me pronunciar, ensaiei as palavras dentro da minha cabeça. Umas dez vezes, hesitante e nervosa. Olhando para o chão.

— Você foi intimado? — perguntei a Rodrigo.

No mesmo instante, alguém tocou a campainha. Olhares amedrontados foram trocados entre todos os que estavam presentes no ambiente. Aquele toque era só o início de um novo capítulo agonizante. Daquele momento em diante, apenas segui o ritmo. Apenas acompanhei, de olhos arregalados.

Perguntar e responder, responder, responder. Perguntar e responder sem resposta. Esperar por um desfecho era como esperar pela normalização do sono. Os instantes se arrastavam enquanto questionávamos o momento que vivíamos.

Depois de ouvir nossos depoimentos detalhados, a polícia questionaria quinhentas pessoas. Procuraria nos hospitais, nos lugares frequentados por Margarida e em lugares afastados aonde costumam levar vítimas. Não demoraria muito para que fizessem a lista de suspeitos e para que a mídia atacasse o banquete bem preparado.

A televisão ficou permanentemente ligada desde que voltamos da delegacia. Eu passei a ocupar o sofá da sala, tendo a mudez mórbida do pai de Margarida como companhia. Para ele, eu não estava lá. Só a garrafa de uísque puro malte existia. Quando ele estava perto de desmaiar, o que acontecia diversas vezes em poucas horas, parecia dialogar com seu copo.

Rodrigo foi o primeiro a se isolar, enfurnando-se no último andar da casa, onde pintava seus quadros. Lara continuou dormindo como se estivesse morta, e, em momentos de cansaço indizível, eu acreditava que ela realmente estava.

Quando fui ao banheiro para procurar algum remédio para dormir, perdi mais de 10 minutos na frente do espelho. Fiquei sentada no chão gelado de mármore, olhando para as minhas olheiras, para os meus olhos apagados. Minha aparência não era atraente, ou pelo menos era o que eu achava. Eu sabia que existia uma diferença entre o que eu era e o que eu acreditava ser, mas não sabia como descobrir se o que eu acreditava era real.

Tinha vontade de me despir de todas as minhas crenças, de todos os meus ideais. Quando pensava em fugir para começar de novo em outro lugar, lembrava-me de momentos em que havia sido covarde. Isso alimentava minha crença de que eu era mesmo uma covarde e me impedia de partir para me separar das tais crenças que me paralisavam.

Ah, se eu conseguisse acreditar em uma bela noite de sono...

Tudo estava fora do lugar. Quando o noticiário da Jobel narrava mais um capítulo daquele suspense miserável, nenhum dos moradores da casa conversava a respeito ou tentava tirar conclusões. Eu continuamente rabiscava alguma coisa no meu caderno. Rodrigo se recusava a descer para ver o que acontecia fora de seu mundo fantasiado e colorido. Não me deixava entrar em seu ambiente de criação. Dizia, com os olhos incrivelmente avermelhados, que era doloroso demais ter que ouvir a verdade da boca de pessoas que estavam apenas transmitindo as notícias de maneira ensaiada e robótica. Da janela de seu ateliê de pintura, ele conseguia enxergar os repórteres desrespeitosos que haviam acampado na frente da casa, na esperança de conseguir algo suculento.

Cada pessoa envolvida no escândalo havia rapidamente ganhado uma personalidade inventada pela mídia sensacionalista. O perfil de Gina Pollasco era o de uma mulher afortunada, mimada, vingativa e agressiva. Logo foi revelado que ela já havia sido presa por agressão aos 19 anos. Ela era a principal suspeita da polícia. Rodrigo saiu como o marido preocupado e enganado, que acidentalmente fez com que os problemas do seu casamento se tornassem discussão por todo o país.

Nos três primeiros dias em que Margarida se tornou obsessão nacional, percebi que, mesmo a tendo conhecido quase intimamente, eu estava com a população curiosa e apreensiva, que não conseguia parar de acompanhar o caso. Estranhava a ausência das lágrimas, até mesmo quando admirava fotos de Margarida. Eu continuava trocando de canal para chegar ao cúmulo de programas de relacionamento que discutiam a atitude de Gina Pollasco ao descobrir sobre a infidelidade de Joey Nash. No programa de um psicólogo famoso, o sonambulismo de Margarida estava sendo discutido. As notícias apareciam com rapidez inacreditável e se embolavam com suposições vagas de pessoas que fingiam estar por dentro de tudo.

A polícia se deparou com uma história muito esquisita ao tentar averiguar a veracidade do álibi do marido de Margari-

da Tornini. Rodrigo Paulo Max tinha ido visitar um amigo pintor que estava lhe ensinando a pintar sob o efeito de hipnose. Centauro, como o pintor é chamado, mora em uma casa afastada nas montanhas da Vila de São Bosco, e raramente recebe visitas.

Os moradores contaram histórias macabras para os policiais que tentavam encontrar a residência. A lenda é de que a casa de Centauro é mal-assombrada e que, anos antes de o pintor comprar a residência, duas moças foram brutalmente assassinadas pelo pai, que as deixou dormindo em suas camas por anos antes de ter sido encontrado enforcado.

— Meu irmão passou pela casa do sujeito e viu uma moça pálida caminhando pela floresta. Uma colega minha já ouviu gritos vindo de lá também!

— Dizem que o tal Centauro transa com árvores e pessoas mortas... Eu não deixo meus filhos caminharem por aquelas redondezas nem que a vaca tussa!

— Eu acho que tudo que dizem é mentira. O Centauro já almoçou no meu restaurante, o Largos Grill, e pareceu um cara normal. Acho que as pessoas têm medo dele por causa da barba grande demais e das tatuagens.

Mesmo com todas as lendas que envolvem Centauro, a polícia informou que o álibi de Rodrigo foi confirmado. Todavia, estão revistando a área da casa do excêntrico pintor. Nenhuma das testemunhas interrogadas conhece o paradeiro de Margarida, o que coloca Gina Pollasco sob os holofotes do crime.

Margarida Tornini estava grávida, sofria de sonambulismo e está desaparecida há três dias. O assunto será discutido pela psicóloga Miriam Silva no Mundo Incrível de hoje. Não perca!

As visitas sempre chegavam de madrugada na casa dos Max. Chegavam sem luz direta, como criaturas da noite, com seus rostos cobertos pelas sombras. Eu acordei no mesmo instante em que o pai de Margarida levantou falando palavras indecifráveis. Juntos, encaramos a porta fechada. Ouvíamos batidas impacientes.

— Vou chamar o Rodrigo! Não abre a porta! — pedi aos sussurros.

— Devem ser repórteres... — o homem disse, limpando a baba da boca. Mesmo de longe, eu conseguia sentir seu bafo execrável.

Bati na porta de Rodrigo, mas ninguém atendeu. Girei a maçaneta mesmo assim e percebi que sua cama estava vazia. O silêncio do quarto me dava uma sensação esquisita, negativa. Subi correndo até o terceiro andar e o encontrei encolhido no chão de madeira em uma posição desconsolada. Havia várias revistas em volta do seu corpo e um rádio estava ligado bem baixinho.

— Tem alguém na porta... — falei quando consegui que ele abrisse os olhos sonolentos. Com certa lerdeza, ele levantou e me seguiu. Estava sem camisa e fazia questão de encostar em mim enquanto descia os degraus. Quando chegamos à sala novamente, encontramos o senhor Camargo sentado no sofá ao lado do pai de Margarida. Os dois pareciam personagens de algum filme de terror bizarro. Um era o caseiro, o outro era o mordomo. Ambos guardavam um terrível segredo. Um segredo escondido dentro de uma casa, um segredo escondido nas profundezas de um copo.

— O que é que tu quer aqui? — Rodrigo perguntou.

— Quero que venha comigo...

— O senhor só pode estar louco! O que te faz achar que eu iria contigo?

— Se tu varrer essa expressão marrenta do rosto, talvez eu possa te ajudar...

— Ajudar em quê? — Rodrigo perguntou, confuso.

— Eu tenho assistido ao noticiário, meu chapa. — Ele fez uma pausa para recuperar o fôlego rareado. — Acho que tenho algumas informações úteis pra ti...

Rodrigo se exaltou. Quis partir para cima do senhor malencarado. Eu os separei e deixei que meus pensamentos se pronunciassem.

— Vamos com ele!

— Tu também ficou louca?

— Eu não sou nenhum psicopata. Só quero ajudar, prometo.

— Fica aí, Rogério! — Rodrigo ordenou. O homem, moribundo, nem respondeu e se jogou no sofá novamente.

Caminhamos até a casa do senhor Camargo de mãos dadas. Trocávamos olhares apreensivos, mas estávamos consumidos por uma curiosidade gritante. Se o dia se calava e a noite queria nos dar respostas, tínhamos que perder o medo do escuro. Do escuro e da casa do vizinho, que, mesmo sendo ao lado da nossa, parecia ser localizada em outro mundo. Ele não acendeu as luzes quando entramos, mas mesmo assim notei que havia animais empalhados pelas paredes e em cima de móveis.

Chegamos ao porão. O senhor Camargo acendeu uma pequena lâmpada pendurada por um fio no teto e começou a mexer em um baú rústico de madeira.

— Há quanto tempo tu conhece o Centauro? — ele perguntou enquanto mexia em velhos recortes de jornal.

— O Centauro? — Rodrigo se surpreendeu. — Há uns dois meses. — Camargo riu de maneira sarcástica.

— Pois eu conheço esse velho safado há mais de quarenta anos — falou em um tom de desabafo. Agachamos, aproximamo-nos do baú e continuamos escutando. A voz rasgada do senhor falhava e ele continuamente limpava o catarro da garganta. — Me diz uma coisa... Ele te fala sobre répteis?

— Sobre répteis? — me intrometi. Rodrigo estava paralisado, parecia em transe.

— É, minha filha... Répteis... Répteis que nos dão as notícias que temos visto na televisão... Reptilianos humanoides... *Alpha draconis*... Como quiser chamar...

— Você está entendendo? — perguntei a Rodrigo. Ele continuou encarando Camargo compenetradamente.

— O cara tá falando sobre teorias da conspiração!

— Essa técnica que ele te ensinou... Pintar sob hipnose... Vocês bebem alguma coisa antes de fazer isso?

— Um chá pra relaxar... — Rodrigo respondeu. Camargo começou a coçar a cabeça e, ao levantar do chão em um gesto brusco, bateu com a testa na lâmpada pendurada no teto baixo demais. Seus olhos profundos pareciam extremamente preocupados.

— O Centauro não mora aqui há quarenta anos, mora? — perguntei.

— Não... Claro que não. — Ele riu com grande nervosismo. O ar estava denso e quente dentro daquele misterioso porão. — O que tu entende por Centauro, menina? — Tentei entender sua pergunta.

— Metade homem, metade cavalo?

— É mais ou menos o que eu quero dizer. Tu me compreende, cara? — Rodrigo não respondia. — Existem duas almas dentro daquela casa...

— Isso é um absurdo! O que você tem dentro desse baú? — perguntei. O senhor Camargo me entregou algumas páginas antigas de jornal. Estavam amarelas e cheiravam mal. Eram notícias de trinta anos antes.

— O que tu estava pintando?

— Minha mulher... Era um presente... — Os olhos de Rodrigo ficaram aguados e seu corpo começou a tremer. — Eu estava pintando esse quadro com ele... Ia pendurar no quarto do nosso filho... — Ele começou a chorar como uma criança e afogou a cabeça na palma das mãos ensopadas. Camargo segurou sua cabeça com uma de suas mãos enrugadas e falou algumas palavras em outra língua.

Comecei a ler os artigos que segurava nas mãos. Eram notícias de um terrível assassinato que ocorrera nas montanhas. Tentava me concentrar no que as palavras diziam, mas a presença imponderável daquele homem desviava minha atenção. A temperatura do meu corpo havia começado a subir, o ambiente estava intensamente quente. Eu estava ajoelhada nas tábuas de madeira e, quando me mexi para o lado, fiz um súbito barulho irritante. A situação era irreal, cheirava a alucinação. Eu tinha dormido? Estava dormindo? Esfreguei os olhos, respirei fundo.

— Tu precisa me responder uma pergunta importante, meu filho... Vocês fizeram algum ritual, algum pacto? O Centauro te fez prometer alguma coisa? — Rodrigo continuou chorando, cada vez mais alto, cada vez mais soluçante.

— Eu vou lá pra pintar e só... Só isso, senhor...

— Tu já ouviu falar de Frederich Nash?

— O pai do Joey? — perguntei com os nervos já à flor da pele.

— Ele mesmo... — ele respondeu depois de uma longa pausa. — Essa família é de uma linhagem antiga... Quando ouvi a notícia na televisão, comecei a vasculhar meu porão... E aí achei isso. — Ele apontou para os artigos que eu segurava. — Leiam o que entreguei pra vocês e qualquer dúvida voltem aqui... Eu não saio de dia, porque minha doença não permite. Mas estou sempre aqui.

— Doença?

— Febre reumática. Agora vão embora... Este garoto precisa de descanso.

— Você acredita em espíritos? — perguntei.

— Qualquer coisa que você quer, é meramente uma representação. Você não quer pra si mesmo, mas pra satisfazer a vontade de algum espírito.

— Você é completamente maluco! — exclamei, possuída. Não estava entendendo nada, não queria entender. Meu corpo estava incendiado, pegando fogo. Rodrigo chorava, babava, gemia. Eu me sentia tonta. — Que porra de maconha estragada você fumou?

Eu tinha dormido? Estava dormindo?

— Tu precisa dormir...

CAPÍTULO 22
SÓ AS PÉTALAS

Então fui vítima da síndrome de Margarida. Não fazia a mínima ideia de como havia voltado para casa. Assim como ela acordava sem memória depois de retornar da casa do senhor Camargo, eu também havia acordado sem lembranças. Não havia nenhum flash, nenhuma interferência de imagem. A última coisa que o senhor Camargo disse foi que eu precisava dormir. Já eram quatro da tarde e eu continuava querendo cair para trás. Imediatamente procurei os recortes, mas não encontrei nada em volta. Rogério continuava dormindo e roncava em um tom intolerável. Escutei um barulho na cozinha e levantei correndo. Meu corpo inteiro doía e eu precisava caminhar com cuidado, com a mão na coluna moída.

— Rodrigo... Meu Deus... Como foi que a gente voltou?
— De onde? — ele perguntou enquanto secava a louça, sem nem me olhar nos olhos.
— Da casa do senhor Camargo... — respondi. Ele colocou a mão na minha testa e disse:
— Tu tá com febre. Vai dormir...

Senti vontade de vomitar e corri ao banheiro. Fiquei agachada por horas a fio, segurando meus cabelos embaraçados. Meu estômago doía, meu coração batia com força. Vomitei tanto que pus bile para fora. Depois desmaiei. Meus olhos ficaram vesgos e me puxaram para dentro mais uma vez. Do lado de fora, nada fazia sentido. Do lado de dentro, o sentido era tenebroso. Para onde iria fugir? Onde será que iria acabar? Não havia ninguém para segurar meus cabelos, não havia ninguém para me fazer dormir.

Estava em pânico. Será que a TV me falava a verdade? Estava tudo acontecendo mesmo? Eu tinha dormido? Estava dormindo? Não havia nada em que pudesse segurar. Fazia força para abrir os olhos e encontrar um corrimão. Lutava contra minha cabeça, lutava contra a vida. Via pedaços, somente pedaços. Eu me debatia, me esforçava... Para viver ou para morrer?

Pedaços de gente, pedaços de palavras, pedaços de memórias. Pedaços de fotos, pedaços de corpos. Sangue e escuridão.

Nem nos meus sonhos eu podia descansar.

Anjo maldito, criatura renegada. Marionete, bastarda, espiã. Órfã do amor, escrava da Insônia.

Nem nos meus sonhos eu podia descansar.

Ó sono, nobre sono! Gracioso, garboso, cortês! O que fiz para lhe ofender de tal forma? Por que é que não me afaga mais? Peço somente o esquecimento, o esquecimento do que esta vida me fez.

Uma risada sarcástica como resposta; olhos abertos outra vez.

O corpo de Margarida Tornini, desaparecida há quatro dias, foi encontrado boiando no rio Caraí, próximo à Vila de São Eduardo, às oito da manhã deste sábado. O aparecimento do cadáver da moça foi denunciado a equipes do Corpo de Bombeiros, que o retiraram da água. De acordo com dados preliminares da Polícia Militar, às nove horas desta manhã peritos analisavam o corpo e o local. Margarida foi encontrada com as duas mãos amarradas por fitas adesivas e dois pés de frango enfiados na boca, até a garganta. Devido ao estado avançado de decomposição do corpo, a polícia ainda não pôde constatar a exata causa da morte. O diagnóstico deverá ser dado nos próximos dias. As mãos amarradas da moça indicam que ela pode ter sido torturada antes de morrer. As investigações já foram iniciadas.

Minha sanidade escapuliu. Vomitei no chão da sala e encontrei os olhos inchados de Rodrigo. Ele estava de pé atrás do sofá de couro marrom, e seu rosto não possuía expressão alguma. Nem vaidade, nem pena de si mesmo. Esperei pelas lágrimas que a qualquer minuto cairiam de seus olhos, mas nada aconteceu. Ele saiu correndo escada acima e pude ouvir o barulho de uma porta batendo com brutalidade. Meu coração estremeceu junto e, na minha cabeça, eu podia ouvir repetidamente o som de portas batendo. Havia um tambor que não se calava. Uma batida forte e apaziguadora que não me permitia prestar atenção no que estava acontecendo, como se me transportasse às origens de uma sabedoria mística que se perdia no tempo.

O tempo só me sacaneava. Durante toda a minha vida, o tempo só me sacaneou. A subjetividade da minha realidade fazia com que a cada dia eu julgasse a sinuosidade do meu passado com mais aceitação. Assim fui me calando, assim fui prosseguindo. Sempre me falaram que eu precisava seguir adiante. Que se acreditasse que Deus estava me vigiando, receberia a recompensa pela honestidade dolorosa da minha alma.

Parada em frente à televisão, com acidez no estômago, esperando pelo pôr do sol. Os relógios continuavam batendo irritantemente e anunciavam a beleza perdida. Nenhuma recompensa viria. Somente a negridão das Trevas, somente os restos de pétalas. Mesmo quando a alva despontasse, não haveria mais luz nos meus olhos. Eu tentaria, para sempre, dormir com as galinhas.

— Sempre fico abalado com o que uma pessoa tem coragem de fazer a outra — Rogério falou. — Quem faria uma porra dessas, meu Deus? — Finalmente vi lágrimas rolando de seus olhos, mas não senti vontade de abraçá-lo.

Ouvi uma conversa indistinta vindo do lado de fora da casa. Quando abri a cortina da janela, pude constatar que os repórteres estavam agindo com impressionante rapidez. Havia vans estacionadas na rua e câmeras estavam sendo montadas em tripés. Rodrigo certamente não iria querer sair, se expor, se humilhar. Algo dentro de mim, porém, dizia que ele seria obrigado.

Avistei o jarro de margaridas que havia sido colocado no centro da mesa de jantar após a festa de comemoração. As flores estavam secas, mortas. Cheguei perto para sentir o aroma e dei liberdade para que sugasse todo o ar que milagrosamente restava. O cheiro viajou diretamente para o meu coração. Corri para o banheiro para vomitar minhas entranhas. O telefone ficou tocando sem cessar.

Lara não permitiu que abríssemos a porta para pessoa alguma. Não permitiu que ninguém além dela atendesse os telefonemas que não paravam, certamente cheios de perguntas e desespero. A única vez em que a súplice da campainha foi atendida foi quando os detetives Samuel e Alencar exigiram a atenção de todos os moradores moribundos da casa. Tivemos que ir à delegacia para prestar depoimento e tirar sangue. A comunicação entre todos parecia ter sofrido um curto-circuito. Cada um abstraiu-se para seu próprio cárcere privado. Para sua versão pessoal de um filme interminável sobre as injustiças da vida. Vida malévola, imprevisível, frígida. Vida que não pudera nem permitir a chegada do som do primeiro pranto de um recém-nascido.

Por que é que as pessoas engravidam, afinal?

Depois de interrogarem Rodrigo, os detetives me chamaram para confirmar algumas informações. Eles perguntaram se Rodrigo e Margarida haviam tido alguma briga recente, alguma briga violenta. Ele contou sobre o episódio de sonambulismo em que Margarida foi encontrada no meio da rua com os seios de fora. Nesta noite, ele disse, os dois perderam a cabeça. A cabeça e os cabelos. De acordo com Rodrigo, ela havia acertado um tapa em seu rosto e depois insistido em agredi-lo ainda mais. Para se defender, ele a havia puxado pelos cabelos. Confirmei o que eu sabia sobre a briga, mas afirmei que não estava presente durante o ocorrido.

Quando Samuel retornou com um mandado judicial para revistar a casa e o carro de Rodrigo, eu estava assistindo a uma entrevista de Joey Nash na televisão. Ele afirmava, em forte tom defensivo, que tinha certeza de que Gina Pollasco não possuía nenhum envolvimento com a absurdidade do crime cometido. Ela continuava sob custódia do Estado e estava sendo acusada de tentativa de homicídio de Ana Beatriz Costa. Joey parecia arrasado, destruído.

— O senhor tem advogado? — Samuel perguntou a Rodrigo depois de deixar a garagem.

— Advogado? — Ele se surpreendeu.

— Encontramos sangue no banco da frente do teu carro — declarou o detetive enquanto guardava sua máquina fotográfica dentro de uma bolsa.

— Sangue? — repetiu Rodrigo arregalando os olhos.

— Aconselho que o senhor fique pelas redondezas, e que procure um advogado — Samuel disse friamente. Rodrigo olhou para mim como se esperasse que eu me pronunciasse. Permaneci em silêncio com o golpe inesperado. Não tinha desejo algum de me envolver naquela bagunça desgastante. — Isso aqui vai pro laboratório. Eu não tenho provas contra ti, mas se tiver, é melhor que tu esteja em casa. — Rodrigo se jogou no sofá da sala e começou a chorar.

— Isso não está acontecendo comigo, meu Deus...

— Senhorita Clara? — Samuel me chamou. — Se importa se eu fizer uma pergunta bastante pessoal?

— Não.

— Tu sofre de cólicas fortes?

— Não... — respondi acanhada.

— E a senhora, dona Lara?

— Já passei dos cinquenta — ela respondeu com antipatia.

— É só isso — ele finalizou. Encaminhei os peritos até a porta. Samuel olhou nos meus olhos e continuou falando.

— A senhorita sabe o que significa uma descoloração nos lábios?

— Mais ou menos. — respondi. Apesar de ter lido muito sobre homicídios, não tinha experiência alguma em direito criminal.

— Reze para que seu irmão esteja falando a verdade... É só o que eu digo. Um homicídio doloso dá até vinte anos de cadeia.

— Tu tá dizendo que sou suspeito? — Rodrigo perguntou gaguejando.

— Não se preocupe, senhor. Nossos recursos científicos reconstruíram o século. Se tu não tem nada a esconder, não tem nada a temer.

Os peritos se retiraram. Afastei a cortina da janela e pude ver a abordagem violenta dos veículos de mídia que cobriam o caso.

Rodrigo subiu correndo novamente, com a respiração ofegante, debilitada. Eu já não sabia mais o que pensar, estava atônita. O quanto da verdade será que eu podia suportar? Esperava apenas que o tempo cooperasse. Queria respostas e depois, finalmente, iria embora para sempre. Não havia mais nada para mim naquela casa. Naquela casa ou naquela vida.

Subi para o quarto e comecei a mexer nas minhas cartas. Desde que chegara à cidade, nunca mais havia tocado nelas. Não sei qual foi meu intuito quando resolvi começar a cavar o passado. Talvez precisasse de ajuda para chorar. Talvez temesse a frieza com que estava encarando as notícias que chegavam sem parar. Elas haviam virado meras palavras, meras imagens.

Déjà-vu.
Ao passar as mãos sobre as velhas cartas, tive uma epifania cruel. As desgraças iam e voltavam, iam e voltavam. Eu havia perdido a conta de quantas delas haviam tocado a campainha da minha vida. Os bons momentos, por outro lado, não se repetiam tanto assim. Foram eles que iniciaram minha paralisia, assegurando-me de que não iriam mais retornar.

Nunca mais na vida alguém me perguntaria se eu gostava de sanduíche de carne, mas certamente me perguntariam se eu precisava de um remédio forte para dormir.

Ouvi um grito abafado vindo de Rodrigo.

Tic tac, tic tac. O relógio continuava sua incansável tarefa de contar os restantes.

Os laudos constataram que o sangue encontrado no banco do carro de Rodrigo Max realmente pertencia a Margarida Tornini. Porém, os responsáveis pela investigação do caso divulgaram que o sangue tem origem uterina, significando que pode se tratar de uma mancha de menstruação antiga. Não há impressões digitais na fita adesiva que amarrava os pulsos da vítima, ou indícios de um intruso na casa dos Max. Mais de vinte testemunhas já foram ouvidas. Fique de olho na Jobel e acompanhe a resolução deste mistério que está abalando a nação!

Abalando a nação? Precisei sair de casa. Parecia que estava sufocada ali dentro, parecia que o ar estava contaminado. Apreensiva, cabisbaixa e nervosa, resolvi colocar os pés para fora da porta e encarar os flashes desrespeitosos que registravam meu rosto pálido além da compreensão. Eu só sentia um clarão nos olhos e não conseguia nem distinguir de onde vinham as vozes que se aproximavam de mim como se fossem assombrações.

— Senhorita Clara, por favor, nos dê uma posição. A senhoria acha que Rodrigo é culpado pelo assassinato de Margarida Tornini?

— Tu foi adotada? Como é tua relação com a família Max?

— Clara, Clara! Tu conhecia Gina Pollasco e Joey Nash? Acha que eles têm algum envolvimento no crime?

— Quais foram as últimas palavras que Margarida disse pra ti?

— Ela estava assinando um contrato?

Fechei os olhos e tentei atravessar o bombardeio. Lembrava-me de quando havia corrido de branco pela igreja, enfrentando rostos sem forma, pessoas sem importância. Meu coração estava acelerado e assustado. As pessoas sabiam muito mais do que eu podia imaginar. Cada vez mais informações chegavam à mídia sensacionalista. Cada vez mais testemunhas abriam a boca para falar coisas que não ajudariam em nada na resolução do caso. No final das contas, aquilo parecia mais uma piada de mau gosto.

— Tu pode me dar um autógrafo?

Era para rir.

Continuei correndo pela rua e larguei pingos de água pelo chão como se largasse migalhas. Mesmo com a intenção de fugir de tudo aquilo, eu reconhecia uma vontade reprimida de ser perseguida por alguém. Podia ser por amor, mas também podia ser por um crime. Na verdade não importava. Se houvesse um laço, talvez alguém pudesse me capturar. Para me alimentar ou me deixar morrer; na verdade, não importava.

Reconheci o rosto de Samuel saindo de dentro de um carro. Parei para recuperar o fôlego e compreender o que ele queria comigo. Será que eu também era suspeita? E, se sim, será que na jaula eu conseguiria dormir? Na verdade, não importava.

O detetive queria me entregar um gravador. Uma ferramenta que poderia ser útil em algum momento durante minha convivência com os Max. Sem se amarrar a explicações, porém, ele partiu e me deixou pela rua. Também me entregou um cartão com o número do seu telefone celular.

Quando cheguei em casa novamente, resolvi tomar um banho de banheira. Primeiro fui escovar os dentes, pois minha boca fedia a lixo. Abri a porta do armário e me deparei com um número excessivo de Buscopan em gotas. Me lembrei da pergunta do detetive e tentei conectar as peças na minha cabeça. Sem capacidade alguma de me concentrar, girei a torneira ao máximo para deixar a água fervente, e me banhei de fogo para ver se acordava. Fechava e abria os olhos, mas o ambiente continuava sendo o mesmo. Nem a dor me transportava para outro lugar. Nem o suor aflitivo, nem a ardência profunda. Fiquei olhando para o gravador que havia deixado jogado em cima das minhas roupas e tentei descobrir se havia recebido instruções mas deixado de escutá-las.

Fui procurar Rodrigo para fazer uma pergunta importante.

— De quem são todos aqueles Buscopans no banheiro?

— Eram dela — ele me respondeu, deitado na cama, concentrado nas páginas de um livro.

— Mas tantos assim?

— Ela estava com cólica no início da gravidez. — Percebi que ele não estava a fim de papo e desci para a biblioteca.

O que estava fazendo? Teria perdido todo o discernimento?

Havia todo tipo de livros naquelas estantes. Romances, mistérios, livros de autoajuda, de filosofia, de medicina, de arte, de cinema. Estava puxando um deles com cuidado, quando me assustei com a presença de Lara.

— Essa Gina Pollasco ainda vai me pagar... — Ela começou dizendo, em tom elevado. — Sujando o nome da minha família desse jeito... Como pode? Como pode uma coisa dessas acontecer comigo, Clara? Nunca fiz mal a ninguém, nunca matei uma formiga sequer. E agora isso! Agora isso para manchar o futuro brilhante do meu filho! — Engoli em seco. Não sentia nenhuma compaixão. — Imagino que você e Rodrigo já tenham feito um acordo...

— Acordo? — perguntei surpresa.

— Lógico — ela afirmou com determinação. — Tu não é formada, guria? Essa é a hora de retribuir por tudo que fizemos por ti.

— Você quer que eu seja advogada do Rodrigo?

— Ué... Ainda perguntas? Tu estava aqui o tempo inteiro e sabe que ele não tem culpa em nada disso. Ninguém melhor pra ajudá-lo... É o mínimo que tu pode fazer!

— O mínimo que posso fazer?

— Exatamente. Pensa no que eu disse e não me envergonha. — Ela se retirou e eu fiquei cheia de raiva. Como é que ela tinha coragem?

Tudo havia sido gravado, mesmo que não servisse para nada. Lara havia conseguido o efeito reverso. Sua falta de gentileza e compreensão estava me empurrando cada vez mais para o lado da desconfiança. Para o time dos que não se importavam em macular o nome da sua família perfeita e do seu queridinho Menino de Ouro.

Afinal, eu era a menina de merda. O rosto espantoso que a fazia lembrar-se com tristeza do tempo em que havia sido feliz.

Dois dias depois, Samuel e Alencar surgiram com um novo mandado. Lara e Rodrigo não estavam falando comigo e Rogério permanecia em seu estado letárgico, deprimente e moribundo. Ele não havia trocado de roupa nenhuma vez desde que se instalara no sofá da sala.

Havia começado a chover novamente quando anunciaram o que todos temiam:

— O senhor está preso por suspeita de homicídio doloso.

— O quê? — Rodrigo debateu-se com o rosto possuído de ódio, enquanto Alencar forçava as algemas em seus pulsos.

— Quer contar pra gente o que havia dentro do vidrinho de colírio que encontramos na garagem?

— Vidrinho de colírio? Que porra de vidrinho de colírio?

— Quer que eu conte pra ti? — disse Alencar. — O vidrinho continha trombeta de anjo, escopolamina, uma das drogas mais perigosas do mundo. Pode ser obtida através de plantas Solanáceas.

— Plantas encontradas na região da casa de Centauro... — Samuel completou.

— É como um "Boa-Noite Cinderela", só que mais forte. A droga é normalmente usada para escravizar mulheres sexualmente, ou para a venda de órgãos. Ela atua impedindo a passagem de alguns impulsos nervosos ao Sistema Nervoso Central.

— E tu acha que eu faria uma coisa dessas com a minha mulher? Com que propósito, caralho, com que porra de propósito?

— Meu palpite é que tu não estava feliz com a gravidez. Assim, se aproveitou do conhecimento obtido através das técnicas de hipnose de Centauro e usou a escopolamina pra fazer com que sua esposa obedecesse a ti — disse Samuel. — E fosse andando até o carro sem que tu precisasse amarrá-la. Aposto que dentro de uma hora, ela estava em estado de "zumbificação".

— Isso é loucura! Vocês não a encontraram com os pulsos amarrados?

— Foi uma bela tentativa de golpe, mas uma tentativa boba. Assim como os pés de galinha na garganta. Pulsos amarrados e nenhuma impressão digital nas fitas adesivas. Fitas que o senhor mantém na gaveta da cozinha.

— Eu estava consertando a torneira do último andar, vocês podem verificar. Eu não matei minha mulher... Pelo amor de Deus! Que tipo de ser humano faria uma coisa dessas?

— O mesmo tipo de ser humano que possui "A enciclopédia dos *serial killers*" na biblioteca e uma pintura de Ted Bundy no lavabo, ironizou.

— Isso só pode ser uma brincadeira de mau gosto! Eu sou inocente!

— Por que comprou dez caixas de Buscopan no mês anterior? Estava fazendo algum experimento?

— Experimento com Buscopan? O quê? Não estou entendendo porra nenhuma!

— O princípio ativo do Buscopan é o butilbometro de escopolamina. Porém, obviamente, não tem o mesmo efeito que o chá que tu preparou. A dosagem é ínfima e não chega ao cérebro.

— Fala sério! Como tu acha que eu teria uma informação dessas? Não sou um serial killer! Não tomo Buscopan e não entendo de medicina!

— Mas tem livros de medicina em sua biblioteca.

— São da minha mãe! — Ele apontou para Lara.

— Dona Lara? — Ela lançou um olhar gelado e rábido para mim. — Isso poderia explicar os misteriosos episódios de sonambulismo da sua nora, não?

— Meu Deus... — deixei escapulir. — Que horror... É isso!

— Tu nunca vai deixar de ser uma praga na minha vida, não é, guria? Não bastou ter te chutado pra fora pela primeira vez! Tu teve que voltar e estragar tudo de novo! — Lara gritou. Meus olhos se encheram de lágrimas e minhas mãos ficaram trêmulas. — O Rodrigo não tinha tempo pra cuidar do bebê de uma drogada, detetive, ele não tinha! — Ela estava se desassociando. Rodrigo se debatia e a mandava calar a boca, mas ela continuava despejando a terrível verdade. Fazendo com que as suposições dos detetives se tornassem evidências. — Se não fosse por essa vagabunda, tudo ainda seria perfeito! Tudo era perfeito enquanto ela era só um rostinho bonito! — Alencar algemou Lara também. — Eu amaldiçoo o dia em que tu nasceu, guria! — ela berrou para mim. — Tu é a maior merda que já me aconteceu!

— Tu poderá repetir isso tudo no tribunal, minha senhora.

Ela finalmente havia confessado e concluído o capítulo. Eu nunca devia ter nascido.

Mesmo com tudo que aconteceu, minha ingenuidade não foi curada. Por mais equivocada que eu possa soar, admito que nem o aprendizado pôde curar minha estupidez – incentivada pelas instituições de ensino que frequentei que diziam estar me preparando para o mundo. Mesmo quando olhares desconhecidos me assistiram ficar nua no tribunal, não consegui adquirir a malícia desejada. A necessidade de desenhar uma linha entre os personagens bons e os ruins também não foi satisfeita. A verdade é que todos possuem dois lados, inclusive eu. Na primeira chance que tive, cometi uma traição: dei à polícia todas as informações que precisavam sobre os últimos dias. Talvez para me vingar, talvez para mostrar que eu não aturaria ser passada para trás pela minha família.

Minha família. E que família!

Estavam encarcerados para pagar pela crueldade que haviam cometido, e mesmo assim encontravam maneiras de se promover. Eu li num jornal, depois que finalmente deixei a cidade para sempre, que Rodrigo estava escrevendo um livro na prisão. Sua pena era de vinte anos, apesar de ele merecer a Morte. Mesmo antes de sua obra ser publicada, a mídia já previa um best-seller. A nação ficou chocada com a beleza e a elegância do homem que drogou sua mulher, enfiou pés de galinhas em sua garganta e depois a jogou no lago. Foi assim mesmo que o homicídio aconteceu sob a aprovação de Lara. Antes mesmo de Margarida ser despejada na água, ela já estava morta. Não encontraram água em seu pulmão. Rodrigo admitiu que queria terminar logo a tarefa, e que usou os pés de galinha que havia comprado num açougue, dias antes de cometer o crime, para asfixiá-la de uma vez por todas. Não fazia parte do plano, mas ele achou que seria uma boa manchete para deixar escrita. "Galinha morre asfixiada por pés de galinha" ou "Não são só os peixes que morrem pela boca". O que importava era a aparência e, agora que a de bom moço havia sido trocada pela de vilão, ele faria de tudo para alimentá-la. Alimentá-la até o limite. Até que se tornasse saturada e pronta para ser jogada fora e trocada por outra mais interessante.

Recebi as chaves do 212 e subi. Aquela foi a melhor compra que fiz em toda a minha vida. Permiti-me fazê-la depois de ter me livrado de todos os meus segredos. Depois dela, fiquei sem dinheiro algum. Dinheiro nunca me serviu para nada. Nem dinheiro, nem religião. Nenhum dos dois tem o poder de salvar a humanidade, ambos são formas de escravidão. Além do mais, se Deus realmente nos vê lá de cima de sua nuvem, deve ser viciado em *reality-shows*. Deve ser preguiçoso demais para fazer qualquer coisa.

Ninguém me assiste. Ninguém me recompensa e ninguém me pune. Submeter-me cegamente à autoridade de um homem que não conheço só me fez ver sem enxergar. Aceitar sem me rebelar. Ele não podia ter salvado Margarida?

Desassociei-me por completo dos meus desejos materiais e de qualquer laço que eu possuía com a realidade. Posso garantir com precisão que foi o momento mais feliz de toda a minha vida. Retornar ao meu antigo prédio foi como retornar ao colo de minhas antigas protetoras. As que provavelmente teriam me aconselhado a manter distância da mulher ordinária que me abandonara. Elas estavam presentes em todos os cantos e realizavam atividades triviais pelo apartamento. O síndico havia insistido para que eu fizesse uma reforma, uma redecoração, mas eu disse que preferia deixar as coisas como estavam. Com todos os antigos objetos de Lurdez que haviam sido deixados para trás. Fedendo a queimado, fedendo a velhice, fedendo a solidão, fedendo a Morte.

Coloquei o "Réquiem em Ré Menor" de Mozart para tocar. Uma espuma de embaçamento surgiu nos meus olhos. Deitei em um sofá e separei 27 analgésicos na mão. Eu finalmente conseguia sorrir, mesmo sentindo que havia um quilo de areia em minha língua. Meu corpo estava praticamente imóvel quando comecei a engolir um comprimido de cada vez, lembrando e me despedindo de cada ano iníquo que havia vivido. Avistei um crucifixo que havia sido deixado na parede, e tive que desviar os olhos. Por todas as vezes que havia pedido benção e recebido maldição. Por todas as vezes que havia seguido as regras e mesmo assim sido punida. Não possuía saliva, porém. Queria um copo de água para engolir os analgésicos, mas não tinha forças para me levantar. Também não podia pedir auxílio a Deus, e, se tivesse escolha, preferia até oferecer minha alma ao Demônio. Poderia oferecê-la por pouco, em troca de um simples copo d'água. Quem sabe eu finalmente enxergasse a verdade. A verdade que todos escondem, muitas vezes sem perceber.

Somos todos guardiões dos segredos de uma sociedade secreta. Enganamo-nos com falsos problemas, falsas promessas e falsas soluções, e submetemo-nos ao papel de robôs.

É algo a se lamentar. Saber que o mundo não é regido por aqueles que acreditávamos – é algo a se lamentar.

A verdade é uma lamúria porque vem do Demônio. É melhor não questionarmos nada, ou seremos punidos. Acreditemos no Senhor, no Governo e na Lei, e assim estaremos em dia com Ele. Ele, que passa a mão na cabeça das pessoas, apenas para que possam dormir em paz. Dormir com a ilusão de que quando acordarem, tudo ficará bem.

Este livro foi composto na tipologia Rotis Serif,
em corpo 11/15,5, e impresso em papel
off-white 80g/m² no Sistema Cameron da
Divisão Gráfica da Distribuidora Record.